武汉之恋

2

江水浅
湖水深

阎志 著

中国青年出版社

01

　　都知道武汉是闻名的火炉城市，为了避暑纳凉，武汉人白天喜欢泡江水澡，夜晚则喜欢躺在搬到弄巷里的竹床上，有时一觉醒来已是清晨。到了九月，火炉里的火焰终于减弱，穿过树叶的风甚至带来了久违的一丝凉意。街道两旁的梧桐树依然枝繁叶茂，似乎要赶在秋天之前再疯长一回，完全阻隔住灼目的阳光，留下一条条凉爽的林荫道。

　　从仙桃到武汉的班车慢慢减速，驶进了武昌傅家坡车站。隔着车窗，雷华能看见各所大学的迎新横幅，挂在一辆辆客车或货车上。"武汉大学欢迎你""华中理工大学欢迎你""华中师范大学欢迎你""武汉音乐学院欢迎你"……作为高校数量和在校大学生数量都雄踞全国前三的城市，每年九月的开学季，整座武汉城都会焕发勃勃生机。对雷华来说，在所有横幅中"武汉大学欢迎你"显然是最醒目和最亲切的，因为他是珞珈学子新成员。

登上武汉大学的迎新客车，坐在一群新生和家长中间，孤身一人的雷华特别引人注目。他的父母本来也打算送他来武汉，被他拒绝了。上大学而已，又不是上山打老虎，又不是不认识路，父母委实没必要陪着。车上很快坐满了人，座位邻近的家长们互相寒暄，新生们则开始自报姓名和院系。轮到雷华，他说："我叫雷华，地雷的雷，中华的华，是计算机科学系的新生。"无人响应，车上竟然只有他一个人是计算机科学系的。有位家长倒是很吃惊，夸奖说："计算机是当今世界上最了不起的发明，这位同学，你可是时代的弄潮儿啊！"雷华有点难为情，说："我对计算机的了解只是皮毛，想要成为弄潮儿还得更加努力学习才行。"他记得很清楚，一九七八年武汉大学增设了计算机科学系。一九八五年六月，中国第一台微型计算机长城0520CH问世，那是电子工业部计算机管理局副局长王之率领十几个年轻人日夜奋战的骄人成就。年轻人和新生事物是天然的盟友，喜欢读书看报的雷华备受鼓舞，于是毅然报考了武汉大学的计算机科学系。

客车拐进东湖南路，右侧东湖的水荡漾着清波，左侧珞珈山上的蝉声聒噪，山上树木翠绿葱茏，掩映着校园一角。武汉大学的东门到了。客车徐徐停下，东一簇西一簇的新生，像被吸铁石吸附着一般聚拢在一起，像快乐的鸟儿一样叽叽喳喳。炎热的天气与入学的兴奋交杂在一起，使得平时静谧的校园人声鼎沸，热闹非凡。

不时有父母和孩子站在"武汉大学"牌匾下面合影，一张张笑脸上，充满着对未来的憧憬。学校电台正在广播，一个声音甜美的女播音员声情并茂地朗诵着："今天我以母校为荣，他日母校以我为傲。"雷华联想到自己未来四年都将在美丽的珞珈山下拼搏，一时心潮起伏，驻足凝神，望向敞开怀抱的武大校园。片刻之后，他背上书包，提起行李，穿过人群，径直往校园深处走去。当务之急，他得先找到计算机科学系的迎新处。

道路两侧摆放着一张张桌子，细竹竿高挑着各种横幅："法律系欢迎新同学""在武汉寻梦　在武大起飞""武大学子　天之骄子""中文系与你有约""数学系报名处""开心话剧社等你来加入"……一看就是各系和社团的迎新处，热情的社团骨干分子恨不得拦下每一位经过的新生，让他们填写各种各样的入社申请表。快走到头了，雷华仍然没有看见计算机科学系的迎新处。

学校这么大，自己是初来乍到，不清楚计算机科学系的教学大楼怎么走，不知道迎新处在哪里，更不确定自己的宿舍所在，只能像无头苍蝇似的瞎转，这样下去估计摸到天黑都没法完成报到。雷华决定找个高年级同学求助，可巧有人迎面走来，他一脸成熟，看起来像是老师。

对方很热情，告诉雷华，有几个系的迎新处设在梅园操场，估计计算机科学系就在其中。

雷华很不好意思，继续问："梅园操场在哪里？"

那人看了看雷华，拍了一下脑门，说："看我粗心的。你是新生，肯定还不认识校园里的路。武汉大学可大了，就算我告诉你怎么走，恐怕你也很难找到。很多人在这里待了一个学期后依旧会迷路呢。还是我带你去吧。"

雷华很感激，更以为对方是武汉大学的老师了，忙说："谢谢老师。请问，您教什么专业？"

那人咧开嘴大笑起来，说："我可不是老师。我现在还在哲学系读研究生。另外，我有那么老吗？"

雷华立刻改口说："原来是大师兄啊。我叫雷华，来自仙桃。"

那人也自我介绍："我叫田路，就是武汉本地人。但你们沔阳[1]我是去过的。"

雷华惊讶得差点喊起来："你就是田路？！"

田路也很奇怪，说："武汉大学哲学系就只有一个田路，如假包换。看你这么大反应，难道你认识我？"

雷华心里肯定他就是那个田路了，但还是小心求证了一下："是你完成了长江第一漂？"

田路呵呵笑了，带着一股"好汉不提当年勇"的谦虚说道："那都是好几年前的事情了。"

雷华抑制不住激动，当年田路可是他们全班同学的崇拜对象，他还把相关报道都做成剪报，以此激励自己。他没想到开学第一天，在武汉大学校园里认识的第一个人居然就是田路。

他看着田路，兴奋地说："我记得那一年我还在读初中，晚自习读报时，班主任给我们读了你漂流长江的报道。我当时就想，这人太厉害了，我佩服得五体投地。"

田路抢过雷华手中的行李。长江漂流是他刻骨铭心的记忆，梦中更是常常回到江水中，温暖的江水一刻不停地奔涌向前，包裹着他，抚慰着他。特别是当他觉得无所作为，生命似乎停滞了的时候，他加倍怀念那段时光，打心底涌起再次跳入江水的冲动。看着眼前的雷华，田路好像看到了更加年轻的自己，他说："那时年轻，爱冲动。这是危险的，塞缪尔·约翰逊告诉我们，人最重要的价值在于克制冲动。"

---

1 沔阳：仙桃市是一九八六年成立的，撤县为市前称沔阳县。

"你是为了要抢在美国人之前完成长江首漂。这不是单纯的冲动，这是源于伟大的爱国情怀。"雷华依然沉浸在兴奋之中，"'两弹一星'、南极科考，这些壮举无不凝聚着爱国精神。师兄，你能讲一讲当年漂流的事吗？"

说到漂流，田路的脑海中立刻浮现出熊志一等兄弟的脸，还有林静的长发和背影，不由得心生酸涩。他说："讲起来其实很枯燥，就是每天漂流，漂到体力不支赶紧上岸休整，休息好了继续下水漂流。漂流的时候不敢分心，眼睛几乎看不到两岸的风景，脑子里也很难想别的事。稍有松懈，就会有生命危险。"

"那你肯定遇到过很多次危险吧？"

"危险肯定遇到过。不过好在有贵人相助。"想起漂流时的种种危险与际遇，田路在心有余悸的同时，也格外感动。

"贵人？"雷华糊涂了。

田路赶紧解释："我说的贵人，指的是水里的鱼，还有岸上的那些好心人。他们给予了我很多帮助。"

两人边走边聊，很快到了梅园操场，远远地就能看到计算机系的迎新横幅。田路拍拍雷华的肩膀，说："小师弟，你赶紧过去报到吧。预祝你大学生活愉快。"

雷华很想多听一些漂流的细节，有点依依不舍，但田路已经转身离开，他只好大声说："谢谢师兄！"

02

　　雷华在填报专业志愿时非常坚定，一定要选择计算机专业。当年沔阳一中组织科技兴趣小组的学生参观几台电脑设备。工程师邀请同学和计算机进行亲密接触，雷华是第一个举手的。奇怪的是，当雷华的手指摁下 ENTER 键，他那颗狂跳的心居然平静下来。随着敲击键盘的美妙声音，显示屏上跳出一系列的字母排列，虽然这些字母雷华都认识，但对它们代表什么意思却一无所知，自此以后对计算机专业便心驰神往。雷华迷上了计算机，常幻想自己能和现场做演示的工程师一样熟练地操纵键盘，向计算机输入各种指令。

　　进入武汉大学之后，雷华全身心地投入学习中，除了听老师讲课之外，他把业余时间几乎都花在了学习和充电上。不是在认真研读计算机类图书，就是在计算机中心的电脑上疯狂操作各种程序。开学近三个月，除了同宿舍的男生，班上很多同学的名字他都对不上号，对班级活动、同学联谊等他也一概提不起兴趣。

元旦临近，八七级（二）班的班委决定组织一场舞会，全班男女同学都在积极准备，只有雷华毫不关心，像是一个局外人。舞会开始前三天，班长王镇宇在学校机房找到他，说："雷华，你还没有交付舞会的费用吧。"

雷华手指不离键盘，眼睛一直盯着电脑屏幕，心不在焉地问："什么舞会？我完全不知道啊！"

王镇宇又好气又好笑，说："就算在你面前敲锣打鼓，用高音喇叭喊，你也不会记住的吧。是我们班的元旦舞会，几个星期前大家表决通过了的。"

雷华想了想，确实有这回事，关于选择哪位女生做舞伴，宿舍里也热烈讨论过一次。既然是集体活动，分摊的费用必须要交，他问："多少钱？"

"每人一块。"

"费用我现在就补交。但我先申明，舞会我就不参加了，因为我不会跳舞。"

王镇宇为难地说："这是集体活动，一个同学都不能少。你必须参加。"

"但是我真不会跳舞。"

"很多同学都不会跳，所以才要学嘛。就当在舞厅里走路喽。走路还有谁不会吗？你要是实在不想跳，当现场的观众也行。"

话说到这份儿上，雷华只好答应："那我还是去吧，你到时可不能起哄让我上场。"

王镇宇无奈地笑笑，算是向雷华做出了保证，又提醒说："舞会的时间，你可不要忘了。"

雷华倒是说到做到，舞会开始前十分钟，他便带着一本从学校图书馆借出的《计算机科学》杂志，匆匆赶到了第二教学楼举办舞会的教室。

推门进去，雷华还以为自己走错了地方，平日上课的教室已经完全改头换面，俨然是一个舞厅。天花板正中间吊着一个彩色灯球，彩带几乎粘满了墙壁，五颜六色的气球随处可见，课桌也都被挪到墙边，上面摆放着糖果和瓜子，教室中间空出了一个方形的舞池。

黑板上方写着四个彩色的艺术字"元旦舞会"，下面还画着两个跳舞的青年。很显然，无论男生女生，大家对这场舞会都充满期待。雷华也早已做好了准备，只等舞会开始，同学们跳舞，他就找个角落坐下，把新一期的《计算机科学》读完。

晚上八点半，灯球开始旋转，变幻的光束打向四面八方。班长王镇宇准时按下录音机的播放键，舒缓的音乐响起，舞会开始了。很快雷华就发出一声哀叹，原来改作舞厅的教室不再适合看书，灯光时明时暗，闪烁跳动，根本没法看清杂志上的图文。倒是能看到一些男同学跃跃欲试，想去邀请对面心仪的女同学跳舞，但谁也不敢带头，只能面面相觑。计算机科学系男女比例失调，典型的"阳盛阴衰"，（二）班的女生更是不到三分之一。为了保证舞会人人有舞伴，谁也不落下，班委还鼓动同学去邀请其他班和其他系的女生来参加，结果现场只多了三位女生。

第一首曲子已经接近尾声，舞池里仍然只有灯光，不见人影。大家望穿秋水，却没有一对男女敢率先翩翩起舞。雷华想不明白，既然喜欢，又花了钱组织舞会，岂有不跳的道理。如果大家都只是这样来听音乐的，他决定听完两首曲子后就回宿舍看书。

第二首舞曲很热烈，灯光随之变得更绚烂诱惑，但舞池里仍然空无一人。王镇宇有些着急，作为班长，他自忖应该起到带头作用，便主动走向学习委员张婷婷。谁知张婷婷吓得脸都变色了，连连摆手说："我不跳！我不会跳。"

王镇宇很尴尬，一时留也不是走也不是。他完全没预料到会出现这样的场面，同学们虽然都支持元旦舞会，真的要上场跳舞了，却又都磨不开面子迈不开脚。再这样下去，他只能找一位男同学跳舞。估计后面都会是男生和男生跳，女生和女生跳，这样一来，计算机科学系八七级（二）班的舞会，也将成为全系乃至全校的笑柄。

这时候一位女生主动站了出来。她一走出队列，立刻吸引了所有人的目光，连雷华也不由自主地看过去。原来是张红，她是（二）班公认的最漂亮的女生，应该也是元旦舞会男生们最渴慕的舞伴。

看得出来，张红为这次舞会稍微打扮了一下。酱红色的毛线连衣裙，像一团燃烧的火焰；脑后高高的马尾辫，彰显着青春活力，额前平齐的刘海儿衬托得眼光流转，薄施粉黛，让她比平时更加动人。美丽的张红在舞池一站，更加闪耀夺目。

对于张红，雷华多少有一些了解。她很喜欢笑，又有两个小酒窝，显得既亲切又可爱。她是武汉本地人，性格像武汉话一样率直响亮，因为热心助人，很快成为大家的城市生活顾问，她会带女生去汉正街淘到价廉物美的服装，也会陪男生去广埠屯的电子一条街增长见闻。这个时候，张红一口地道的武汉话，便发挥出重要作用。

当张红站起来，所有人的心都提到了嗓子眼。她要走向谁？谁会成为元旦舞会的幸运儿？空气中多了一丝紧张的气息，以张红为圆心，似乎产生了无形的巨大磁场，她走向哪里，她看向哪里，哪里就像遭受到了大风的鼓荡。除了雷华，男生们都激动万分，谁不想和张红共舞一曲呢？有两位男生甚至迫不及待地迎上一步。

谁也没想到，张红径直走到雷华面前，向雷华伸出手来，落落大方地说："雷华同学，我想请你跳支舞。"

雷华一下子蒙了，瞠目结舌，手足无措。他记得自己跟张红除了在课前课后打过几次照面，连话都没有说过一句，更没有其他交往。他当然也惊讶于张红的美丽，只不过惊鸿一瞥之后，又复归对计算机的痴迷。他没想到在元旦舞会上，张红竟然点名要和自己跳第一支舞。

全班同学现在都紧盯着二人，男生们满怀失落和羡慕，女生们则充满了惊讶与好奇。这怎么可能呢？张红有各种理由和班上的其他男生跳舞，唯独不该是书呆子雷华，而且居然还是她主动邀请。张红是中了计算机病毒？雷华难道真的是一个了不起的编程高手？

雷华出于礼貌还是站了起来，结结巴巴地说："可……可是……我……我……我不会。"

张红嘴角上扬，莞尔一笑，轻声细语地鼓励雷华："不要紧，我带你。"

雷华感觉到自己的脸颊发烫，慌乱地解释着："我真的一点都不会，带都带不了。我可从未跳过舞。"

张红并没有就此打退堂鼓，还是坚持说："没事儿，跳舞并不难，像走路一样。我带你，你跟着我走就行。"

看到张红笑意盈盈地伸出了手，雷华不好意思再拒绝。他慌乱地抓住张红的手,顾不得自己的手心全是汗,被张红领着走进了舞池。舞池空荡荡的,好像音乐是特地为他们两个人准备的,灯光也似乎全集中在他们的身上。雷华恍惚中有一种错觉,觉得自己脸上肯定白一道红一道,而张红却像一朵彤红的牡丹花,那般美艳不可方物。这时候第三首舞曲《让世界充满爱》悠然响起,这个旋律雷华一辈子都不会忘记。伴随着柔和的音符,一种奇怪的触感像花瓣一样落在他的身上。

那是张红的左手。雷华像触电一般,整个后背都僵硬了。张红抿嘴浅笑,示意雷华伸手搂住自己的腰。雷华的注意力又全都跑到了自己的右手上。他的右手掌轻轻搭在张红的毛衣上,既不敢贴住,又不敢松开。脚也开始不听话,完全踩不准步点,第一步跨小了,第二步又跨大了,踩到了张红的鞋。

看着舞池里笨拙的雷华,周围响起了笑声。紧接着,两对,三对……同学们纷纷滑进舞池。

雷华也慢慢放松下来,正当他身形逐渐协调、步伐渐渐自如时,舞曲已慢慢停止。

张红轻轻地说了一句:"谢谢你。"

雷华点点头,也松开了手,目送着张红返回她原来的位置。他怅然若失,说不出是兴奋还是紧张,时间仿佛停滞了。那晚的舞会,雷华并没有提前离开,而是在那里呆呆地坐了一晚上。没有女同学再来邀请他,他也鼓不起勇气去邀请别的女同学,更不敢去邀请张红。

03

　　接下来的一周，对雷华来说无比漫长，他如坠梦中，饱受煎熬。学习虽然依旧占用着他的大部分时间，但是他已经无法再像以前那么专注了。张红的手似乎一直还被他轻轻地握着，那么柔软、细腻，握过就不愿意放开。她的笑容让他如沐春风。她身上淡淡的香味仿佛有一种魔力，让他经久难忘，甚至潜入他的梦中。

　　雷华很懊恼。平素他埋头学习，有点不修边幅。参加舞会的时候，他已经一周没有洗澡，外套也是脏兮兮的。他怎么能就这样跑去参加舞会呢？跳舞的时候，张红肯定闻到了他头发的味道。他一定给她留下了极其糟糕的印象。懊恼之余，他又很好奇，想破脑袋也想不明白张红为什么要请自己跳舞。难道在张红眼里，自己是特别的一个吗？难道张红一直在注意自己吗？雷华完全陷入各种揣测中，心情更是阴晴不定，一会儿在云端，一会儿又跌入谷底。

雷华的这种状态，同学们也都见怪不怪了，以为他的忽喜忽忧必然和编程有关，谁也没联想到元旦舞会上。

周六中午雷华去梅园食堂吃饭，无巧不巧居然坐在了张红的旁边。雷华既兴奋又紧张，一直琢磨着怎么打招呼，还是张红率先打破了沉默："雷华，对不起，元旦那天贸然请你跳舞，害得你一点准备也没有。"

见张红这么坦诚，雷华也放松些了，说："我从来没跳过舞，再怎么准备还是不会跳。我倒是很抱歉，因为不会跳，踩到了你的脚。"

张红顽皮地一笑，问道："你是不是很惊讶，我为什么要请你跳舞？"

雷华说："我还跟王镇宇特意申请过，我可以来参加舞会，但不跳舞。他也答应了。当你走到我面前时，我还以为是王镇宇有意安排的，要把我当扫盲舞会的典型抓。"

张红说："其实是我找你做了一回挡箭牌。舞会前几天，除了你和王镇宇，班上其他男同学都向我发出了邀请，想要和我跳第一支舞。我和任何一个人跳，都会让其他人不高兴。好不容易筹办一场元旦舞会，我可不想大家为了我闷闷不乐。想来想去，我就只有请你先跳了。"

原来如此。男同学争相邀请张红跳第一支舞，鹬蚌相争渔翁得利，没想到最后便宜了雷华。雷华获悉真相后，难掩失落，只能自我解嘲："可惜让一个不会跳舞的人中了头彩。"

张红赶紧安慰他，说："其实你跳得挺好，我们配合得也挺好。"

雷华有些不好意思地说："那是你带得好。"这时候旁边有位同学坐下，两人便没再交谈。

但也许是在那次舞会上，张红手把手地在他心里种下了默契，自此之后，雷华感觉自己着魔了。他心里明白，这世上再没有任何一个人可以替代张红，再没有一件事会比想念张红更甜蜜。

每节课上，张红的一举一动都逃不过雷华的视线。每一分每一秒，只要张红在眼前，雷华就满心快乐，如果看不到张红，他就难掩失落。雷华不清楚这是不是爱情，也不确定是应该主动去发起追求，还是像元旦舞会一样静静等待着奇迹的降临。

大学的第一个寒假就要到了。想到整个寒假都将看不到张红，雷华顿觉惶恐，整天失魂落魄。一月的最后一天下午，下雪了。大雪覆盖了树木、道路、房屋，到处都是白茫茫的一片。雷华百无聊赖地走出武大校门，拐上了珞喻路。第一个学期行将结束，这还是他第三次走出学校。平时他不是上课就是琢磨编程，不是读书做笔记，就是在计算机中心捣鼓电脑，如果不是因为和张红的离别让他心烦意乱，他根本没心思出来转悠。都说武汉的秋天最是斑斓迷人，可惜他早已错过，现在已经是寒冬时节。

沿着珞喻路没走多远，雷华看见路边有一家小小门面的书店，名字很有意思——等候书屋。雪地里的书店，谁在等候？在等候谁？他触景生情，走了进去。书屋不大，只有二三十平方米，但布置得井井有条，除了开门的一面外，三面都是书架，中间还摆着一张竹床，上面码着书堆，显得温馨舒适。有块布帘子把前后隔开，雷华猜想后间是仓库。

店主是个三十岁左右的男人，举止慢条斯理，像一个学者。店里只有一个读者，站在书架前安安静静地看书。雷华转了一圈，发现书架上摆放的大多是文史哲经典著作，自己想买的计算机类图书一本也没有，只能向店主问询："老板，请问你这里有《电脑与编程》吗？"

店主想了一下，说："这本书还真没有进货。要不我去帮你找一找，过两天你再来？"

雷华很遗憾，过两天他就放假了。

这时候那个读者走过来拍了一下雷华的肩膀，热情地打招呼："小兄弟，是你啊！"雷华也认出了田路。田路很高兴地说："小兄弟，我们两个还真是有缘。你上学第一天就遇到我，现在快放寒假又遇到我。"

雷华连忙点头称是。

"来买书？"

"想找两本计算机方面的书。"

田路说："这类书这里很少卖。这家书店主要卖文史哲，因为店主本人是个作家。"

看来田路是这里的常客了。那个店主也很惊讶，说："老田，原来你们认识啊！"

田路说："是啊，他也是武汉大学的，我的小师弟。"

店主和雷华握了一下手，说："我叫王慈。你想要计算机的书，我以后去进货的时候会多留意一下。"

田路有研究生补贴，买书不心疼，很快挑好了五本书。雷华却一无所获，两手空空。两个人正准备一起回学校，王慈说："老田，这都到餐点了，不如就在我这里将就着吃点吧。还有上次喝剩的一瓶小黄鹤楼[1]呢，我再炒两个菜。"

听说有酒喝，田路嘿嘿乐了。他还顺手把雷华拉住了，说："小兄

1　小黄鹤楼：黄鹤楼酒的一种，当时武汉人喜欢喝这个品牌的酒。

弟，你也别回学校了。王慈请客，咱们一起喝一杯。"

王慈也说："小兄弟，你别见外，留下喝点吧。"

雷华满腔苦恼，正愁无人可以倾诉，便答应了。

此时已近傍晚六点光景，雪虽已停，但天色冥暗，北风肆虐，珞喻路上行人越发稀少。王慈把大门拉下一半，这是要打烊的信号，说："你们两个再随便翻会儿书，我去后面炒菜，很快，十五分钟。"原来帘子后面是厨房。

王慈炒了一荤一素两道菜，加上老家带来的腌菜，足够三个人吃了。田路说上次剩下的半瓶酒肯定不够，又去小卖部买回一瓶小黄鹤楼酒。三人团团坐下，就着热菜喝酒，边喝边聊。

原来，田路本科毕业后分配到了宜昌，在一家企业党校里教书，勉强待了一年半，激情便已消耗殆尽。党校的工作环境尚可，教学压力也不大，学员们都朴素好学，但田路的天性让他静极思动。树挪死，人挪活。想要动一动，只有两条路可走：托过硬的关系调岗，比如，去机关单位、电视台或报社；没有人脉的话，还可以努力考研，但需要征得单位的同意。田路斟酌再三，决定考研。他的志向是在仕途上有所建树，能够凭借一己之力建设好一个地方，大幅改善当地民众的生活。他还给熊志一写信，约好一起考研。熊志一的志向是当一名"铁肩担道义，妙手著文章"的记者，要做无冕之王。熊志一在回信中还取笑田路，说他这个记者要专门监督田路这个官员。两人一拍即合，当即开始复习功课，最后都如愿考取了武大的研究生。田路还是哲学系，熊志一也如愿进了新闻系。

录取通知书下来后，却横生变故，党校这边坚决不放行。田路找领导理论，领导也犯难："你是国家分配到我们单位的，你也是有编制的，怎么能说走就走呢？我们用人单位一来没有这个权限，二来到时上级部门来找我们要人，我们也没法交代。"

田路脑子活络，敢想敢干，毕竟他是武汉大学跨学科沙龙的主要组织者，也是第一个漂流长江的人，不会被这个问题难倒。用人单位有用人单位的苦衷，可是年轻人也不该被编制这个紧箍咒牢牢套住，他思前想后，越想越郁闷，越想越窝火。都说"广阔天地，大有作为"，年轻人主动要求上进难道有错吗？年轻人上学读研难道就该被阻拦吗？他结合自己的切身体会，决心为所有立志考研却受困的年轻人发声，奋笔疾书，一气呵成，写了一封信寄给《光明日报》，没想到很快就全文刊登了，标题叫《应鼓励年轻人考研》。很多年轻人感同身受，读者来信雪片般飞来，装了好几个麻袋。年轻人该不该考研，很快成为社会关注的热点。田路所在的党校压力倍增，转而表态支持田路去读研，迅即办妥了田路报名的各种手续。

一九八五年九月，田路顺利成为武汉大学哲学系研究生。武汉大学毕竟是田路的母校，本科期间他曾和陈东明主持过跨学科沙龙，对各院系的老师和团委都很熟悉，又有一年多的工作经历，既然他决意以后要从政，自然积极参加和组织学生会的工作，半年之后，田路竞选成为研究生部的学生会主席。

田路的经历非常曲折和精彩，可惜雷华藏着心事，兴致不是很高。田路察觉到了雷华的异常，关心地问："雷华小师弟，和半年前相比，你怎么心事重重，像换了一个人似的？"

雷华不知道从何说起，只能低下头，拿起酒杯仰头一饮而尽，可能年纪轻，平时喝得少，喝完还咳嗽了两声。田路是过来人，大致猜出雷华可能是遇到了感情问题，开导说："你想知道我们王大作家的故事吗？"

雷华看了一眼王慈，王慈神色不变，淡然说："也没什么好讲的，都已经是过去式了。"

田路和王慈碰了一下酒杯，然后说："还是讲一讲吧。讲给雷华听一下。"

王慈拗不过，只好简明扼要地讲下去："我本来在我们县的税务局上班，大小也算是一个干部。因为我的女朋友要到华师进修，为了陪伴和守护她，我也辞职来到武汉，在这里开了家书店。"

雷华很吃惊，没想到这世界上居然真有如此痴情的人。"所以，你给书店起名叫'等候书屋'？"

田路说："可惜的是，王慈最后还是没有等到。"

王慈眼神中流露出一丝落寞，雷华心生同情，像是自问，又像是问田路和王慈："什么叫没等到？发生了什么？"

王慈摊开双手说："很正常。她研修完了，本来答应我留在武汉当老师，结果去了上海。"

雷华不是很明白，问道："你跟她一块去上海不就得了吗？你已经等候了她这么多年，难道武汉和上海的区别很大吗？"

田路解释说："如果人家的未来规划里根本没有你，无论是留在武汉还是前往上海，都没有意义。"

王慈自嘲地补充了一句："小兄弟，不是所有的等候都有美好的结局。"

既然田路和王慈都没有把自己当外人，雷华感动于他们的真诚，就把元旦舞会上的事一五一十地说了出来。

王慈笑了，说："你们两个人，真有意思。"

田路也笑了，说："小师弟，你们还没有开始呢，来日方长，心急吃不了热豆腐。"

雷华默然，又喝了一口闷酒。

王慈继续说："感情的事，原本就不能以常理论之。我们都不是俗人，为何不坦然地走不寻常之路呢？即使是'剃头挑子一头热'，只要不放弃，终究会等到'两头热'的那一天。"

田路有些伤感，雷华和张红的故事，会是自己和林静的翻版吗？王慈的等候，不也正与自己对林静那缕难以放弃的羁绊相似吗？他深谙那种暗恋的滋味，真是"冷暖自知"，不在局中怕是很难体会得到。

三个人各自默想着。过了好一会儿，田路才重拾过来人和老大哥的身份，语重心长地安慰雷华："小师弟，不要着急，千万要稳住！"

雷华似懂非懂地点点头。三人举起酒杯，田路说："往事不堪回首，且让我们干了这杯酒！"

三人一饮而尽。

几杯酒下肚，雷华的话明显增多。起初还是田路和王慈一直想着怎么安慰和鼓励他，现在变成了雷华在不停地说，说编程，说张红。倾诉完毕，他倒是勇气倍增，觉得自己浑身充满了力量，以后也一定会成为最优秀的软件工程师。他今晚就要去找张红表白。

王慈很感慨，说："没想到雷华给我们上了一课。如果等候不起作用，还不如干脆去表白，不管是被接受还是被拒绝，总好过漫长的等候。"

都说"酒壮怂人胆"，回到学校后，雷华直接去了梅园宿舍，刚好遇上晚自习回来的张婷婷，雷华让她捎话给张红，说他在宿舍楼下等着张红。

张婷婷告诉雷华："要找张红就去图书馆吧。她这时候一般都在图书馆自习。"

雷华道声谢，赶紧转往樱顶，攀爬阶梯让他气喘吁吁，酒意快速发散，恍惚中竟然嗅闻到了樱花的香味。在图书馆二楼的阅览室，他一眼就看到了张红。张红的背影他太熟悉了，特别是如瀑布般披散在背上的长发，让他魂牵梦萦。张红近在咫尺，好不容易聚集的勇气却突然一泄而空，双脚就像被万能胶粘住了一样，一步也跨不出去，怦怦跳动的心脏像打鼓，几乎就要冲破胸膛。关键时刻，他只恨自己喝的酒还是太少了。

雷华一直愣在那里，就像一座雕塑，任由时间像流水一样从他身边悄然而逝。直到一个同学从旁边经过时撞了他一下，他才回过神来。傻站在过道上不是个办法，最好还是借书架当掩护，既可以看到张红，又不容易惹人注意，同时还能看书，真是一举三得。

雷华随手抽了几本，却是一些历史人物传记，翻不下去，就还回原处，后来抽到了一本描写美国硅谷一批年轻创业者的书《硅谷之火》，他越读越入迷，简直爱不释手，不觉看完了三四十页，腿都站麻了，只能走进阅读区，找了个位子坐下。《硅谷之火》让雷华热血澎湃，把一颗火种植入了雷华的心田。这些关于技术力量、编程软件、计算机设计之类的创业历程和故事，本来就是雷华特别感兴趣和极其热爱的，计算机世界通过这本书打开了一个窗口，里面的每一位创业者的故事都让雷华激动不已。雷华完全没有想到，计算机的国度原来可以这么精彩。

在阅览室里，雷华一口气看完了整本书。当他合上书的时候，阅览室里已经只剩下他一个人，张红也不在了。在他来图书馆之前，他满脑子都是张红，当他走出图书馆，觉得自己已经脱胎换骨，一种全新的力量贯穿全身，似乎融入血液之中。这股力量比酒后对张红表白的冲动更加强大，而且显然会一直对他不离不弃。

无数的想法在头脑中不停地冒出来，简直无法遏制。雷华想找人倾诉，但宿舍已经熄灯，谁还会愿意出来陪他共立寒冷的冬夜里呢？他走到行政楼前，围绕着空无一人的大操场奔跑起来，一圈，两圈，三圈……跑不动了，他就席地而坐，仰望夜空。夜空中有几颗闪烁的星星，虽然孤独，却很明亮。雷华觉得自己终于找到了人生努力的方向，明确了读书、生活、工作的意义所在。他不能停下来，也不想停下来，于是继续奔跑，又是一圈，两圈，三圈……

雷华在大操场里跑了整整十五圈，最后实在跑不动了，才返回宿舍。舍友都在酣睡，他悄悄爬上床，跑步时出了一身汗，身体也变得轻飘飘的，但精神却异常自由、饱满。

《硅谷之火》点燃了雷华内心的火焰。他开始有条不紊地规划自己的学习，勇敢憧憬自己的创业。刘校长一直在武汉大学推行学分制，雷华决定在两年内修完所有学分，以便腾出两年时间用于创业。他的野心昭然若揭，不仅要拿到毕业证，还要积累足够的实战经验。至于张红，那是勤奋苦读的最好奖赏，在闲暇之余，雷华总会想起元旦舞会，想起张红身上淡淡的香味和她在阅览室静静读书的倩影。

04

　　这个寒假，田路为自己确立了一个目标。

　　大年初三，田路和熊志一、陈宝林齐聚老潘家，这是大学毕业后他们宿舍同学的第一次聚会。老潘毕业后被分配到湖北省商业厅，工资待遇和福利都很好，第一年就分到了住房，虽然只有一个房间，需要和另外一个同事共用厨房、卫生间和客厅，但好歹是一个家。老潘乐陶陶地把自己的老婆和女儿从老家接过来，组成了团结户。

　　多年不见，同寝室的四个兄弟再次聚在一起，自然都很激动。陈宝林和熊志一初见面时虽然有些尴尬，看到田路和老潘紧紧相拥，他们也不敢敷衍，用力抱了一下。

　　老潘的妻子早早做好了一桌子菜，桌上的酒杯里也都斟满了白酒。回想当年，田路他们还专门去了老潘老家，劝说老潘的父母不要为了传宗接代，逼迫老潘回去生二胎，现在四人里就数老潘最幸福，过上了"老婆孩子热炕头"的热乎日子。

老潘只会呵呵傻笑，同时不忘撺掇兄弟们："光羡慕可不行，你们几个可得赶紧给我拿出实际行动。"

熊志一瞟了陈宝林一眼，话里有话，还夹着一根刺："我倒是想，可是找谁生呢？"

陈宝林喝了口闷酒，诉苦说："上学的时候虽然没工资拿，穷得叮当响，但是每天都很快乐。不像现在，现在的生活太平淡了。"

熊志一不理忆苦思甜这一套，揪住陈宝林不放："说什么风凉话嘛。你小子可别身在福中不知福。我问你，你毕业后留在了武汉，还有什么不满足的？看看我和老田，分到了鸟都不拉屎的地界！只有考上研究生才能够回到武汉，研究生毕业之后的工作，更是八字还没一撇。"

陈宝林叹了一口气，说："单位的那些破事儿，既复杂又无聊，一个箩筐装不下，三言两语说不完。至于感情，事业没起步，爱情不稳固。"

熊志一是见风就是雨的性格，旁边的老潘连拉带扯也没有阻住他的话："听你这么说，难道是刘越兰又攀了高枝？"

陈宝林连连摆手，说："这倒没有。"

熊志一问得兴起，每一句话都单刀直入，丝毫不加掩饰："那你们怎么还不结婚？"

陈宝林苦着脸说："你们都知道，我分在社科院，清水衙门一个，到现在还是一介小职员，要房没房要钱没钱，拿什么结婚？她的父母已经下了最后通牒，没有房子就不结婚。亏他们还是大学教授呢，比小市民还小市民！我不比老潘，单位好，还能分到房子。换成是我，睡着了都能笑醒。"

老潘赶紧自我检讨，免得成为众矢之的："我那是撞了狗屎运。都是运气！"

田路一直没怎么说话，这时给自己倒了一大杯酒，一口喝干。三人都觉得有事情要发生，齐齐望过去。老潘是主人，率先关切地问："田路你怎么了？难道你在学校又遇到什么感情问题了吗？"

田路摇摇头，说："与感情无关。"

三人都蒙了，几乎同时问道："那你为什么独自喝一大杯酒？"

田路看着大家，郁闷地说："宝林刚才也说了，我们的生活太琐碎，太无聊，简直是一地鸡毛。你看你们现在说的话题，无不围绕着房子、婚姻、单位，以后还会加上孩子、健康。志一，我们辛辛苦苦读完大学，又读研究生，难道就是为了这些吗？"

熊志一低下头，没吭声。

陈宝林嘀咕了一句："那还能为了什么呢？"

老潘怕田路喝多，只给他添了半杯酒，感慨地说："田路，你一直是一个明白人。我呢，也不瞒兄弟们，只有这点理想，现在也很知足。知足常乐，是不是？但你不一样，几年前你已经做过惊天动地的事，你以后肯定还能做出更大的成就。那个词怎么说来着？对，经天纬地。"

熊志一撇撇嘴说："什么经天纬地啊？我觉得也没什么大不了的。不就是漂了个流？还是从武汉漂到上海。"

老潘急忙制止熊志一："少说两句，别煽风点火的。"

陈宝林说："要我说，田路确实有经天纬地之才。"

田路猛地站了起来,大声说:"志一的意思我明白。老潘的意思我也明白。我现在当着兄弟们的面,再宣布一个决定。我要在读研期间,漂完整条长江。我要从三江源头漂到武汉,完成真正意义上的长江第一漂。"

老潘、熊志一和陈宝林都向他伸出手来,说:"既然你决定了,我们当然继续支持你,像上次一样,做你的坚强后援。"四个人的手紧紧搭在一起。田路也感动了,说:"谢谢兄弟们!这次漂流对我而言,意义重大,我必须完成它。"

四人碰杯,一饮而尽。

熊志一又问:"那漂完之后呢?"

田路把空杯子往桌上一放,坐回座位上,挠挠头说:"漂流之后的事,等漂完了再说吧。"

05

　　为了赶在毕业前完成漂流，田路在四月下旬出发，先从武汉乘火车到西安，再转火车到西宁，在西宁补充装备，买了皮划艇和多天的干粮，继续乘火车到格尔木。一九八八年五月初，他在格尔木的街头跳上一辆货车，经过四百多公里的颠簸，来到了沱沱河上游地区。

　　当他立于河畔，一下子惊呆了。进入湿季的高原呈现出一派壮阔的风景，远处是大片起伏的洁白雪山，冰雪融水汩汩流淌，近处受到滋润的草原生机勃发，藏羚羊、藏野驴和野牦牛在这块天然绿毯上怡然觅食，脚下是波光粼粼的河水，因为夹带着大量的红色泥沙而呈现出鲜血一般的颜色。沱沱河，蒙古语意为"平静的河"，藏语意为"红色的河"。眼前的世界既辽阔又宁静，碧蓝的天空上白云朵朵，伸手就能摘取。他的身体和灵魂在这里分解成一颗颗原子，又重新组合成一个新我，他甚至聆听到了自己崭新的心跳声，一时百感交集。奔腾浩渺的长江之水始于此处，万物来到此处都将幸福战栗，都将顶礼膜拜。

沱沱河分支很多，像一张大蜘蛛网一样纵横交错。沱沱河流经之处，没有高大葱茏的树木，却覆盖着不熟悉的高原植被，目之所及，遍地都是田路叫不出名字的奇花异草。长江的源头是如此美丽、神奇又脆弱，让人不敢玷污，同时生出要呵护好她的念头。

这里海拔较高，含氧量很低，河水很浅，仅仅能没过脚踝，像覆盖在河床上的一层红色鱼鳞。水温在零到一摄氏度之间，所以没有冻结，水流也比较缓慢。最开始的两公里，田路只能推着皮划艇，在河床上蹚水前行。载上人之后，皮划艇在水里根本浮不起来。这样顺着河水走了三天，大约走了一百多公里之后，河道开始变得宽阔，超过了二十米，水深也达到三米以上。

在这段漂流中，田路经过广袤的无人区，看到过动物们在草原上的狂奔，甚至听到过棕熊擂鼓一般的嚎叫。天空时有翱翔的雄鹰，草原上偶尔也会响起牧民嘹亮动听的歌声。这些牧民善良友好，看到田路时特别热情，虽然是陌生的漂流者，也会赠送他水和食物，请他喝马奶酒抽自制土烟，让田路非常感动。这些牧民待人友善，不求回报，他们的心灵就像雪山一样冰清玉洁。

接近 109 国道时，远远便能看到两座沱沱河大桥，像一架梯子一般横架在河道之上。旧的沱沱河大桥建于一九五八年，新的沱沱河大桥是去年修建的，此时已经通车。从桥下穿过时，双桥在水面如戏水长虹。这是名副其实的"长江第一桥"，也是世界海拔最高的桥梁之一。

过桥之后，沱沱河继续奔腾向东，一路接纳两岸支流，再经过三百多公里，河宽已增至三十余米，就是电视剧《西游记》里著名的通天河了。通天河两岸山势险峻，如刀劈斧砍，水深湍急，激流一路斗折蛇行，拐了无数个弯，形成"弓"字形，好像在不停地回望养育自己的冰山雪川。乌鸦反哺，羊羔跪乳，河水流得再远对其发源地始终拳拳在念，树木长得再高对扎根的土地始终不离不弃，一个人也不应该成为无根之木无源之水。

通天河之后是金沙江，金沙江之后是川江。五月的金沙江还处于枯水期，水流平稳缓慢，除了虎跳峡和老君滩等几处险滩，田路没有遇到太多挑战。川江以山城重庆为间隔点，重庆之上为上川江，重庆以下到宜昌为下川江。上川江蜿蜒于四川盆地南部边缘的低丘地带，由于还没有进入汛期，显得温驯，江面宽度超过四百米，与长江下游的水情很相近，第一次漂流的丰富经验完全用得上。四个星期之后，田路漂流到重庆，他决定登岸充分休整，备战之后险峻的三峡段。

重庆有田路的同班同学黄作涛，他还特意约了几个武大的校友，其中有一位甚至是从成都赶过来的，在一家老牌火锅店为田路接风。重庆和武汉一样，也是名副其实的大火炉，六月初高温便已露峥嵘，几个年轻人在街头吃着辣辣的火锅，大快朵颐，大汗淋漓。

黄作涛对田路第一次漂流的经历已经耳熟能详，他拿起一瓶啤酒递给田路，由衷地赞叹："老田，工作之后我已经没什么激情，不像你还有伟大的梦想，选择了再次出发。从三江源头漂到武汉，完成一个完整的长江漂流，真是太了不起了。我真的很佩服你！"

田路坦诚地说："毕业后我也工作了一年多，因为体验不到激情，想到了考研。读研三年，发现又回到了老路上，还是对什么都提不起兴致。工作也好，爱情也罢，好像都和我无关。所以我才决定，毕业之前一定要找一件让自己激动的事儿干。"

"对，就是干。干了！"两人碰一下酒瓶，一口气喝干了一瓶啤酒。

黄作涛又问："等你漂完了，准备干什么？"

田路又被问住了。熊志一在老潘家曾提过这个问题，现在黄作涛是第二个发问的。其实从沱沱河开始，田路已经在思考这个问题，毕竟很快就要毕业，他不可能在象牙塔里待一辈子，早晚都要面对现实。

"我曾经想过这个问题。如果我能够分到党政机关，好好地锻炼几年，我想我是能胜任县长这个职务的。让我当县长，我肯定能把一个县建设好，发展当地的经济和文化，让老百姓都过上幸福的生活。"

黄作涛向他竖起大拇指，继续问："然后呢？"

"然后做市长。"

"再然后呢？"

"再然后做省长。"

大家都笑了，黄作涛趁机建议一起敬一下田路："难得田路有这样的胸怀和气魄！来，敬未来的田县长。"

第二天一早，精神和体力满格恢复的田路，在解放碑旁的一个码头边放下皮划艇，和老同学们一一拥抱作别之后，他跳了上去，开始了重庆至武汉段的漂流。

下川江两岸山峦对峙，水流湍急，也叫峡江。以奇险著称的长江三峡——瞿塘峡、巫峡、西陵峡——就位于下川江。穿过狭窄逼仄的夔门，进入画廊一般的巫峡，都有惊无险。经过神女峰时，田路甚至还想起了诗人舒婷的诗句："沿着江岸／金光菊和女贞子的洪流／正煽动新的背叛"。坐在皮划艇上，置身于滚滚江水之中，"新的背叛"让田路格外激动。也许只有置身于洪流中，不管是金光菊和女贞子的洪流、长江水的洪流，抑或别的什么洪流，才能让人永葆青春和激情。

六月九日，这个日期田路一辈子都不会忘记，就是在这一天的中午，他在西陵峡遇险了。

西陵峡是长江三峡中最长的峡谷，其间险滩密布，礁石林立，峡中又有峡，滩中又有滩。古时船家经过此处，既要避开万仞绝壁，又要躲过滩礁陷阱，还要提防长波巨浪，方能保住人舟安全。特别是崆岭滩，更被船家比成"鬼门关"。滩中礁石密布，枯水时露出水面像野猪的獠牙，洪水时则没于水中扮演凶残的鳄鱼。此时刚进入汛期，半隐半现的礁石犬牙交错，更加骇人，好像出鞘一半的刀剑，斩破惊涛骇浪，扬雪溅珠，发出夺人心魄的呼啸。

田路浑身已经湿透，皮划艇好像被一个发怒的巨人玩弄于股掌之间，一会儿撞向左边，一会儿抛向右边，一会儿团团打转，一会儿又呈直线飙射出去。他唯有咬紧牙关，拼命划桨，就像跨进雷区的战士，不独要胆大心细，还要祈祷好运。为了稳住艇身，那把桨除了划水，还要像竹篙那样点开迎面戳过来的礁石，或者像锚和螺旋桨一样插入水中不停地搅动。以长江的伟力，费时千万年都不曾将这些滩礁驯化收服，难怪它们现在要对过往行船施展淫威。它们就是前进路上的阻碍，是对"新的背叛"的警告和惩罚。但是，迎接挑战也是一种"新的背叛"，也能提供激情，让人感到自由和幸福。

突然间，桨被两块礁石咬住了。又一个巨浪打来，水花溅了田路满头满脸，稍微有一点分心失神，桨就被江水与礁石合力夺走了。皮划艇彻底失去控制，被湍流裹挟着，跌入了一片暗礁区。一块礁石的锥尖毫不客气地划破了皮划艇，皮划艇泄气的声音像水怪在水中发出的嘲笑。田路暗道一声不妙，一切发生得太过迅疾，就在电光石火之间，他整个人已经落入了水中。眼睛在江水里完全睁不开，手脚也被湍急的水流束缚住了，他使劲挣脱，可水做的绳索时粗时细，越缠越紧。他已经呛了一口水，开始头昏脑涨。他需要呼吸，需要把头部伸出水面，需要保持清醒。他的身上像背负了一块巨石，拉着他急速坠向水底。那是他硕大无比的背包。背包加重了负担，而且拉着他往各个方向蹿出去。必须解开背包。必须让背包和身体分离。他屏住呼吸，闭紧嘴巴，但脑袋上像开了个天窗一般，白色的江水不断地涌进脑海中，顿时一片空白。田路觉得自己马上就要死了，他想到了父母、姐姐、同学、还有林静……他连最后的"再见"都没法对他们说出，因为张不开嘴巴，因为嘴巴已经没有了，身体也没有了，意识也没有了……

不知道过了多久，田路醒了过来，感到有个影子在晃动。他用力睁大眼睛，却只看到一张苍老的脸庞，这张脸不属于他认识的任何一个人。他凛然一惊，渐渐清醒过来。一位老人正俯身关切地看着他。

"醒了，醒了，他终于醒过来了！"老人对着外面喊道。另一个男人的声音传过来："那就好，那就好。"

田路想坐起来，但浑身乏力。老人轻轻摁住他的肩膀，说："你好好躺着。你刚刚从鬼门关转了一圈回来，现在需要休息。等会儿喝点鱼汤，养足精气神再说。"

"是你们救了我吧？"

"是啊。我们在江边打鱼,没想到居然网到了你这么大个人!"老人说着笑了起来,"我们着实吓了一跳,还以为是具浮尸。"

田路暗自庆幸,向老人再三道谢,又问:"我昏迷了多久?"

老人说:"有大半天了。"

田路只记得皮划艇触礁后自己掉入水中,后面的事情已经完全没有印象。

"我这是在哪里?"

"船上。"

"船又在哪里?"

"江上。"

田路意识到自己的提问很愚蠢。他是在江上落水,当然也是在江上被救起。一时却也找不出其他的问题,迷迷糊糊中又睡了过去。过了一会儿,一股浓郁的鱼汤香味唤醒了饥肠辘辘的他。老人捧着一碗鱼汤进来,又小心地扶他坐好。鱼汤真是太鲜美了,他一口气喝了一大碗,这才有点缓过神来。

老人说:"你现在还不能吃太多东西,先喝点鱼汤,恢复一下。等到了家里,再喝点粥。"

船上除了那位老人,还有一位中年男人,大约四十岁。船舱中央坐着一只大桶,里面水声搅动,看来装有不少鱼。

随着体力慢慢恢复,田路的精神也好了很多。透过船头,他能看到清澈的江水,翠绿的山崖。江面上不知何时升起了一层薄雾。

老人告诉田路:"一会儿我们要靠岸了。"

田路说:"我恢复得也差不多了。不知道岸上可有旅店?"

中年男人一直在船尾忙活,这时才开腔:"我们那里是一个小渔村，可没有什么旅店。"

老人说："你就放宽心，先暂时住在我们家，后面再慢慢想办法联系上你的家人，让他们过来接你。"

天色渐暗，船慢慢停靠到岸边。一个女孩子跑过来，伴随着银铃般清脆的笑语声："爷爷，今天收成怎么样，有没有抓到大鱼啊？"

老人很开心，戏谑地说："今天可真抓到了一条大鱼。"

女孩子缠着老人，撒起娇来："大鱼在哪里？它有多大？我要看看。"

老人指着船头上的田路说："喏，就这么大。"

女孩吃惊地张大嘴巴，一时没反应过来。她十八九岁，模样很是清秀。

老人解释说："中午的时候，我和你爸爸在江里捡到了这个小伙子。"

田路赶紧说："我在江上遇险落水了，幸亏遇见了你爷爷。"

女孩害羞地朝田路点了点头，然后走到中年男人跟前说："阿爹，我来帮你拿鱼。"

父女俩在前面走得很快。老人掏出了别在腰间的烟袋，陪着田路慢慢跟在后面。正是渔歌唱晚之际，一艘艘渔船陆续停靠到岸边。老人说："我们这个小渔村里住着的，都是世世代代在江上打鱼的人家。平时靠水吃水，什么大风大浪都见过。"一路上果然遇到很多渔民，有的扛着渔具，有的拎着鱼获，见到陌生的田路也不吃惊。田路心想：白发渔樵江渚上，自然见惯了秋月春风，遇到江上遇难船只上的幸存者，及时予以援助，看来他们早就视作分内之事，举手之劳了。

老人的家是一座带围墙的土砖平房，院子里晾着衣服，厅屋里挂着一幅《毛主席去安源》的画,旁边还贴着几张奖状。简朴之余,古风犹存。

中年男人问女孩:"你妈呢?"

女孩答道:"妈妈在烧晚饭。"

中年男人说:"把桶里那条大鱼拿给你妈,就说今晚有客人,让她加做两个菜。"

老人也问:"你弟弟呢?今儿个咋没见他像小狗一样活蹦乱跳地来迎我?"

女孩笑着说:"他今天在学校挨老师批评了,现在正在里屋老老实实做家庭作业呢。"

吃晚饭的时候,女孩的妈妈和弟弟才出来。妈妈手脚勤快,话不多,很朴实。小男孩很活泼,有点怕生,眼珠滴溜溜转,偷偷打量田路,估计在猜这个人和自己家是什么亲戚关系。为了招待客人,晚饭很丰盛,煮了一大盆鱼,蒸了一大碗腊肉,此外还有一碗青头菜,一碗腌菜,两块腐乳。

大家坐定后,老人才给田路介绍自己的家人,中年男女是他的儿子儿媳,男孩女孩是他的孙子孙女。一家五口人,其乐融融。老人先指着女孩说:"她叫遥遥。"又指着小男孩说:"这是遥遥的弟弟力力。"

小男孩骄傲地说:"遥是遥远的遥,力是力气的力。路遥知马力,我们的名字是爷爷给起的。"说完眼巴巴地盯着田路。田路明白,这是轮到他来做自我介绍了。"我叫田路。农田的田,大马路的路。名字是我爸给起的。"说完,他还朝小男孩眨了一下眼睛。

老人说:"准备吃饭了。力力,爷爷要请客人喝酒呢,谁的力气最大啊,去帮爷爷把酒壶拎过来。"

力力像泥鳅一样从凳子上哧溜下去，一边喊着："我的力气最大。姐姐不许跟我抢。"老人对田路说："力力好像很喜欢你。以前家里有客人来，吃饭前让他去拿酒，他都会说，'家里没酒了'。别看他人小，鬼精鬼精的，要把酒留给他爷爷喝。"

大家都笑了，气氛一下子融洽起来。力力很快拎了一个大塑料壶回来，里面还有大半壶酒。老人说："江上打鱼湿气重，平常晚上都会喝点纯谷酒驱驱寒。你在江水里泡了很长时间，也喝一点吧。"

喝酒的时候，老人的话多了起来："我们家姓冯，世代都住在这个村里，以打鱼为生。我在这江上讨生活已经快五十年了。这西陵峡啊，最是凶险，翻船事故屡见不鲜。你们一定是贪快赶船，才触礁落水的吧。你落水的这一段，叫黄牛峡。关于黄牛峡，我们这里有句谚语是这么说的，'朝发黄牛，暮宿黄牛，三朝三暮，黄牛如故'。在这个江段里行船，一定要求慢求稳。"

一直话不多的冯叔这时也打开了话匣子："之前忘了问你，你们船上总共有多少人？"在崆岭滩，船一旦失事，船上人是很难脱险的。他们能救起田路的概率非常小，只能说明田路命大。之前田路身体虚弱，他没敢贸然发问，怕田路情绪激动。

田路说："我划的是皮划艇，艇上就只有我一个人。"

大家都很惊讶，齐齐望向田路。冯力好奇地问："什么是皮划艇？"冯遥有点不相信，发出感慨："你一个人，胆子可真大！"冯婶问："皮划艇有多大？安全吗？"冯叔埋怨说："一个人敢走西陵峡，真是太冒险了！"只有冯爷爷大声叫好，给田路满满斟上一杯酒，笑眯眯地说："小伙子，有种！是条好汉！有当年军人们在我们这里打日本鬼子的气血。就冲这点，我要敬你一杯酒。"

田路说："冯爷爷，冯叔，该我敬你们。要不是遇到你们，我肯定魂托大江，葬身鱼腹了。"

冯力也来凑热闹，大声说："我也要敬大哥哥一杯。"

冯遥故意逗他："你又不喝酒，怎么敬酒！另外，你要敬酒，总要说出敬酒的理由吧？"

冯力歪着脑袋想了一下，说："大哥哥说话好听，像我们学校的老师。"

田路站起来说："冯爷爷，冯叔，冯婶，遥遥，还有力力，真的很感谢你们。你们的恩情比江水还深，比长江还长，我永远不会忘记的。"他依次和他们碰杯。轮到冯遥时，她扑哧一下笑了，说："你这个人，看不出来还挺讲礼貌，挺会说话的。"

冯爷爷把酒杯放下，正色地问田路："我还不知道你是哪里人。明天我就去集镇一趟，打听一下怎么联系上你的家人。"

田路说："我是武汉人，现在在武汉大学读研究生。"

冯爷爷更高兴了，说："了不起，真了不起，原来你还是大学生。没想到我打了一辈子鱼，居然在江上救起了一个大学生。"说完后，他不忘自我奖励，又痛饮了一杯。

冯婶也很吃惊，他们渔村里高中生都没有几个，没想到天上掉下来一个研究生，还无巧不巧落在了他们家的院子里。只是武汉离秭归很远，这个研究生怎么会出现在西陵峡呢？冯婶心里这么想着，口中便自然而然地发问："这会儿你不是应该在武汉读书吗？怎么一个人跑到西陵峡来了？"

这是每个人都关心的问题，一个大学生坐着一艘什么皮划艇，没事跑到西陵峡来干吗？不可能是风刮过来的，没有这么大的风。也不可能是从下游逆流而上的，那得需要多少天才能办到！

田路索性一五一十地交代，包括两次漂流长江的源起，第一次漂流的情况，第二次为什么要去三江源，以及从三江源到西陵峡的一路经历。

冯爷爷再次竖起了大拇指："小伙子真火色¹，敢从长江源头漂到武汉，敢只身一人挑战长江三峡。"

冯遥也是一脸兴奋，说："你还从武汉漂到过上海？太了不起了！讲一讲，快讲一讲。你看到黄浦江了吗？你看到大海了吗？上海有几个宜昌大？上海的外国人多吗？"

冯婶赶紧止住她，说："偏你有这么多问题，先让研究生吃饭，吃完饭再说。"虽然这么数落女儿，可冯婶的好奇心也被勾起了。

冯力宣布说："我也要向大哥哥学习，长大后漂流长江！"冯遥刮了一下他的鼻子，说："志向不小。可是，我就问你一件事，你学会潜到江底了吗？"冯力脸红了，争辩说："等我长大了，自然就会潜了。"冯遥说："要学好潜水，光会游泳可不行，得很会游泳，要像大哥哥一样。"冯力眼巴巴地望着田路。田路很尴尬，他可是差点在长江里溺毙的人，哪还敢自夸会游泳，赶紧说："我那点游泳技术，在湖里河里兴许还凑合，放到江里那就远远不够了。我在水里的功夫，肯定不如冯爷爷和冯叔。"

冯爷爷也笑了，安慰田路说："单论游泳，你肯定比不上在水上讨生活的渔民。但我虽然在江上捕鱼很在行，却不敢漂流长江，想都没想过。"

吃完饭，冯爷爷把田路领进一个房间，里面只有一张床，两个木箱，没有桌子和椅子。床上支了顶白纱蚊帐，看起来年头已经久远，

---

1 火色：秭归地区方言，厉害之意。

颜色有些泛黄。冯爷爷歉意地说:"晚上你将就一下,跟我搭铺睡。我们家只有三个房间,姐弟俩一间,他们爹妈一间。"过了一会儿,冯遥端了一盆水进来,手上搭着一条新毛巾,调皮地说:"大学生,洗脸水和洗脸毛巾给你放在这儿。"

冯遥转身离开的一刹那,田路怦然心动,恍惚间他还以为是林静。不,不是林静。林静比冯遥成熟,也更冷艳,但冯遥具有林静所没有的单纯与活泼。林静已经飞走了。"黄鹤一去不复返,此地空余黄鹤楼。"而冯遥才刚刚闯进他的生活。"闯进"这个词,有点唐突。田路赶紧收拾自己的心猿意马。虽然说大难不死必有后福,可冯家对他有救命之恩,他的年龄又比冯遥大了很多,于情于理都不该胡思乱想。路遥知马力。看来冯爷爷也是一个有文化的人,给姐弟俩起的名字虽然简单,却很有蕴意。

田路这一天的经历,不只由生到死由死到生。虽然疲累至极,田路却无心睡眠,一直辗转反侧。透过窗户,借着张弦月,可以看到不远处黛青的山影,感受到山林中蕴含的勃勃生机,也能听到更远处江水奔涌的喧嚣,与冯爷爷的鼾声慢慢相合。

第二天一早,鸡叫声把田路从睡梦中叫醒。冯爷爷早就已经起床了。他打开房门,正望见冯遥那张笑意盈盈的脸。冯遥做了个鬼脸,说:"大学生,你起得真早!我去给你打洗脸水。"

田路这才发现屋子里只有他和冯遥两个人,问:"你们家里人呢?"

冯遥笑了:"冯力去上学了。其他人都去江上打鱼了。要等到这时候再去的话,那可打不到鱼喽。鱼都躲起来了。"

田路有点难为情,赶紧岔开话题,问:"遥遥,附近有邮局吗?我想寄封信。或者找个能打电话的地方。"

趁他洗脸的工夫，冯遥已经在桌上摆好两碗菜和一碗稀饭，说："寄信或者打电话，都得到集镇上去。你先吃完早餐再说。"

田路也饿了，一连喝了三碗稀饭，然后才问："集镇离得远吗？"

"挺远的，要走四五十里山路。"

田路对四五十里的距离有经验，对山路就完全没把握了，又问道："如果我现在出发，需要多久才能走到集镇？"

"来回一趟要花很长时间。"冯遥解释说，"现在这个时间去集镇，可就没法当天赶回来了。天黑后走山路很危险，可能会失足坠崖，也可能会遇到熊瞎子和狼。要不你明天起早一点，我陪你一块去，我们走快一点，傍晚前就可以回到家了。"

眼下田路担心的事情很多，在西陵峡滞留的时间越长，漂流到武汉的日期就会越晚，害家人和老潘他们担心不说，也会影响到毕业。另外，皮划艇和背包都已经遗落在江水里，只能重新购买，备齐这些装备和物资都需要时间。

冯遥看出田路怀着心思，建议去江边看看，想要让田路散散心。田路俯瞰江水东流，心有所感，对冯遥说："在三江源，冰川和雪山的融水冰凉刺骨，它们一点一滴汇聚起来，只有几寸深几米长，慢慢越聚越多。在沱沱河发源处，河谷里的水甚至没不过脚掌。但你现在看看，峡江有多深有多宽。"两人徘徊在江边，看着状若万马奔腾的江水，看着两岸被江水劈开的悬崖峭壁，看着天上的白云，看着一片汪洋里的打鱼船。田路心想，这就是长江三峡，自己本打算穿峡而过，"两岸猿声啼不住，轻舟已过万重山"，没想到会在这里休整一段时日，人生的际遇真是不可预测。冯遥想的却是，她打小生活在三峡，从来没有走出去过，既没有去过长江的源头，也没有去过长江的入海口，有朝一日一定要出去看看。两个人怀着各自的心思，看着长江默默出神。

傍晚时分，冯爷爷和冯叔、冯婶摇船靠岸。冯遥姐弟俩带着田路，早早就在岸边等候。冯叔和冯婶两个人抬着木桶下船，看来收获颇丰。冯力一直围着木桶转圈，他的父母赶他也赶不走。冯婶高兴地说："今天托我们研究生的福，捕到了不少鱼。"冯爷爷说："晚上好好庆祝一下，我来给你们做一道'一鱼二吃'。"原来，他们今天还捕到了一条特别稀有的白甲鱼，足足有六斤重。这是三峡中的名贵鱼类，五月底六月初正值产卵季，肉质更加细嫩肥美，鱼头鱼尾可以熬汤，鱼身可以清蒸，是谓一鱼二吃。

吃饭的时候，田路对冯爷爷说："冯爷爷，跟您商量个事儿。我明天想要去集镇，一来打电话给朋友报平安，再让他们寄点钱过来，二来看看集镇那边能买到什么装备。我已经恢复得差不多，应该继续漂流了。"

冯婶紧张地说："要我说，还是不要漂了，真的太危险了。三峡这边，水深湍急，礁石又多，我们这些熟悉水情的渔民平时出船也害怕，要不是为了讨生活，谁也不愿意冒险的。过两天让你冯叔送你去集镇，先搭乘客车到宜昌，再从宜昌回武汉。你一个研究生，多金贵啊。"

田路为难地说："我是一定要完成这次漂流的。不能见到困难就躲避，当逃兵是可耻的。"

冯叔想到了一个折中的办法，于是说："宜昌那边大坝快修好了。要不你就从那边继续漂流。大坝之后就安全了。"

田路不吱声。冯爷爷拍拍田路的肩膀，说："还是那句话，我佩服有种的人。你既然决定了，就去做，不要后悔，也不要以后再后悔。这个世界上什么药都管事，就属后悔药啥用没有。我再敬你一杯。"

杯中酒下肚，冯爷爷继续发话："眼瞅着洪峰要到了，我们得趁这几天多去江上捕点鱼。明天就让遥遥陪你去集镇。你今晚早点睡，明天一大早就得起来赶路。"

第二天一早，田路被冯遥从睡梦中叫醒，窗外一片漆黑，四下里有公鸡打鸣，不知道是叫头遍还是第二遍，肯定不是第三遍，因为"鸡叫三遍，太阳公公把脸现"。冯爷爷和冯叔在收拾工具，准备上船。冯婶从灶屋里端出了两碗面条，反复叮嘱了冯遥几句便出门了。田路看到他的那碗面条上还卧着两个鸡蛋，心里很是感动，坚持拨给了冯遥一个。他又问："冯力呢？"冯遥说："他会自己醒来，妈妈在灶房里给他留了早饭，吃完后他会自己去上学。"

他们出发的时候，天才麻麻亮，看什么都朦朦胧胧的。山路两旁长满了树和野草，树很纤瘦，枝杈很少，像长长的脖子，野草足足有一人高，野物躲在里面确实不容易察觉。冯遥边走边讲解，村民在哪里遇到过土狼，在哪里遇到过蟒蛇，在哪里遇到过野猪，在哪里遇到过熊瞎子。田路饶是胆大，听着也觉得汗毛倒竖起来。

一小时之后，冯遥看到田路还能跟上自己，忍不住夸了一句："大学生，没想到你走山路还可以。"

太阳用力跃出了地平线，气温开始明显上升。田路走得急，有点微微出汗，他对冯遥说："我像你这么大时下过乡，在农村待过。那里也是丘陵地带。"

又走了一小时，田路已经一身汗，冯遥的的确良衬衣也被汗打湿，露出了里面的小背心。青春健康的胴体，曼妙诱人的曲线，特别是少女的清香体味时不时被风吹过,让田路心旌荡漾。他借口走累了,提议休息一下,两人找了一块平整的山石坐下。旭日东升,云蒸霞蔚,晨风习习,满山摇翠。田路游目骋怀,但见层峦叠嶂,岩高谷深,江水如练,扁舟如叶,树木葱郁,掩映着梯田坡地,山花烂漫红胜火,谷物丰收更喜人。田路说:"这里真美啊。在江上看山,在山上看江,都景色绝美,简直就是人间仙境。"冯遥也笑了,说:"以后有机会,你还会回来看看这里吗?"

"我肯定会回来的。每年这个时候我都要回来看望冯爷爷、冯叔、冯婶。"说到这里,田路停顿了一下,鼓足勇气加上一句,"自然还有你,以及力力。路遥知马力嘛。"

冯遥开心地笑了。"你会带我和力力去武汉玩吗?"她毕竟还是个小女孩,向往着外面的世界。"那当然,还要带你们到上海,看入海口。"田路满口答应道。

这样边走边说话,累了歇息,歇好了再赶路,紧赶慢赶,十点半左右,他们终于到了水田坝乡集镇。镇子是依山而建的,规模很大,也很漂亮。街上人来人往很是热闹。经过好几家商铺,田路一一拐进去看,发现卖的都是日用百货,除了食品,他想要补充的装备这里都没有。看到邮局的时候,田路突然想起自己身上没钱,他的背包早就被江水冲走了。

冯遥笑了,从口袋里变戏法似的掏出一张五元的纸币,手捏着甩了两下。"爷爷早就想到了,昨天晚上给了我五元钱。"她欢快地把钱递给田路,"给你,去邮局打电话吧。"

冯爷爷真是一个善良的老人,冯遥更是一个美丽的天使。田路克制住拥抱她的强烈冲动,接过五元钱,去柜台那边办理打电话的手续。电话接线员先摇到省商业厅总机，然后再转到潘东的处室。好不容易接通了，田路对着话筒扯着嗓子喊："老潘吗？是我。我是田路。"老潘很意外，狐疑地问："田路，你怎么会打电话来的？你这会儿不是应该在长江里吗？"

为了节省昂贵的电话费，田路直话直说："我不在江里。我落水了。"老潘性子慢，还没反应过来："那还不是在江里吗？你在江里怎么能打电话呢！"田路急得汗都出来了："我落难了。我遇到危险了。皮划艇触礁了。背包也被水冲走了。我现在在秭归，身上一分钱也没有了。"老潘这才紧张起来："你人没事儿吧？"田路又气又乐，哭笑不得："人要是有事儿，就没法给你打电话了。我现在借住在一个渔民家里。我需要装备，还有钱。"田路说得很大声，几乎在叫喊，邮局里的人都听到了。冯遥在旁边抿着嘴直乐。

老潘说："我知道了。你先别着急上火，把详细地址告诉我一下。"田路尽量放慢语速，以便老潘记下来："秭归县，水田坝乡，草池坪村，找冯遥就行。我住在冯遥家。"老潘在电话里复述了一遍，确认无误后又问："你看我是把钱寄过来，让你搭车回来，还是怎么安排？"田路赶紧纠正说："不是这个意思。老潘你听我说。三件事。第一，你和志一一起去省游泳队帮我搞一套装备，至少要有皮划艇、防水包。第二，你上班不方便，可以让志一把装备送过来。第三，让他再带五十元钱。我就在这里等着他。"老潘说："我明白了，你放心。可是，你为什么非要漂流不可呢？三峡那里真的太危险，你还是坐车回来吧。"田路说："行百里者半九十。老潘，我都漂到三峡了，你让我打退堂鼓，这可能吗？我一定要把长江漂完。好了，不多说了，浪费电话费。"

冯遥看他打完了电话，才走过来，好奇地盯着他，像看一个外星人，问道："那是你的朋友？你平常对朋友都这样说话吗？"田路解释说："没事的。他是我室友，也是最好的朋友之一。说话客气反而见外，显得生分了。"

这次通话收费两元二角，还能找回两元八角。田路说："剩下的钱我也不给你了，到时还你五元。现在，我们找个地方吃中饭。"

街上有几处卖小吃的摊点，有凉虾、油脆、炕土豆等，他们边吃边逛。遇到两家卖衣服的店，冯遥拉着田路进去。田路说："可惜我这会儿没钱，不然真想送两套衣服给你。"

冯遥摇摇头说："我才不要你的衣服呢。你是大学生，又没拿工资。"

"好吧，等我以后有了工资，再给你买衣服，到时你可不能拒绝。武汉有个汉正街，里面卖衣服的店铺特别多，又好看，又便宜。"田路又想起了一件事，"以后你能不能不要叫我大学生了……"

冯遥调皮地问："不叫大学生也可以，那我叫你什么好呢？"她扑闪着一双大眼睛，上下左右地盯着田路。田路被冯遥看得脸红，赶紧说："我比你大，比你爸爸小，你可以叫我叔叔。"冯遥低下头，有点忧伤地说："喊叔叔的话，那我们就差辈分了。冯力喊你大哥哥，我也跟他一样，喊你田路哥吧。"

电话打通了，中饭吃饱了，也该回家了。去集镇的时候田路装着心事，也赶时间，回程路上心情放松，更不觉得累。当他们站在山坡上望见草池坪村时，已近黄昏。村里炊烟四起，晚霞满天，每座山峰都挂着云彩，像彩旗招展，有的深红，有的浅蓝，有的淡黄。

田路倾心不已，赞叹说："这是我见过的最漂亮的晚霞。"

冯遥不以为然地说："像这样的晚霞，在我们这里天天都有。"

　　美丽的晚霞让两个人的心也燃烧起来。他们的手不知不觉牵在了一起。田路感觉自己拥有了全世界。

06

可能是马上就要有钱了，也可能是即将继续漂流了，不忍心与三峡瑰丽的风景失之交臂，田路终于有了一点底气，提出想去参观秭归的屈原祠。

"到底是读书人，到了秭归自然要去看看屈原祠。"冯爷爷很支持，但也有顾虑，"只是我们这里离屈原祠有点远，一天是不可能往返的。"

如果要住宿，自然要花钱，可田路身无分文，只好向冯爷爷借："冯爷爷，您能不能再借我十块钱？我去一趟屈原祠，就近找个旅舍住一晚，第二天再赶回来。"

冯爷爷很爽快地答应了，对冯遥的爸爸说："大学生在这里人生地不熟，明天你陪他去吧。"

冯叔有点犯难，说："村里刚发通知了，明天宜昌的鱼贩子来，要和大家结一下之前的账。"

冯爷爷说："那你是走不开了。结账的事我和遥遥妈谁也替不了你。"

冯遥自告奋勇地说："还是我陪着去吧。"说完脸上腾起两片晚霞，还偷偷地瞥了田路一眼。田路的心又怦怦乱跳。

冯婶连夜炕了六块饼，又给他们准备了两把水壶，让他们在路上有吃有喝，不至于饿着渴着。

山路虽长，但并不陡峭，两个年轻人走起来更是有说有笑，并不觉得累。走到一处，可以看到江对面有一个大集镇，冯遥一指，说："对面就是石牌，你是研究生了，考考你，知道石牌吗？"

田路一愣，"石牌！"小时候他听妈妈讲过，外公在这里打过一仗，很有名，但中学历史课本上没有提及，可能是出于政治上的原因。这些他一时难以说清，但也不愿在冯遥面前说自己不知道石牌，就回道："我肯定知道，这里打胜过日本鬼子。"冯遥满意地点点头，笑着说："看来你真读了点书。"田路心想，这还真不是书上看到的。两个人说着说着就走到了秭归县城，但已经是下午三点。冯遥之前也没去过屈原祠，走路靠两条腿，问路靠一张嘴，只能边走边问，找到了向家坪。

眼前的屈原祠是一九七八年从屈沱迁出，在江畔山腰上按原貌重建而成的。山门上"光争日月"四个大字，让人肃然起敬。进入祠内，左边放置的是屈原世系族谱，右边陈列的是屈原绘像故事，以及屈原作品中的经典诗句。两人沉浸在屈原的伟大一生中，那些优美的诗词不断涌现到脑海中。

从屈原祠出来时，已经夕阳西下，鸦雀乱飞。他们走了大约两里路，才找到一家旅社，里面只剩下一间房。好在房间里有两张床，田路低声和冯遥商量。冯遥天真烂漫，没什么顾虑，说："不是有两张床吗，我们一人睡一张床，正好。"田路只能摇头苦笑。

登记时服务员问他们："你们两个人是什么关系？"

田路和冯遥异口同声地说："我们是兄妹。"

服务员也没有详加盘问，登记了田路姓名之后，把钥匙交给了他们。住宿解决之后，田路这才带着冯遥去找地方吃晚饭。两个人也饿了，点了一份合渣豆腐，一份青椒肉丝，两碗米饭，一阵狼吞虎咽，瞬间风卷残云，吃得干干净净。之后又回到旅社，拿着脸盆，到男女盥洗室各自洗漱完毕，已经快九点了。因为是在山区，打开窗户，一阵阵江风灌进来，倒也凉快。

田路一直睡不着，不确定自己在倾听什么，是窗外的江风，还是冯遥若有若无的鼻息。他忍不住悄声问："遥遥，你睡着了吗？"冯遥没有回答，但她的鼻息明显加重。江风也陡然增大，把窗子一下带上了。

三天之后，熊志一才匆匆赶来，一路打听到了冯遥家。因为东西多，除了皮划艇，还有一堆装备，熊志一一个人不好拿，在水田坝乡还特意雇了一个搬运工。

熊志一已经听老潘说了田路三峡遇险的事，此刻见到田路，真情流露，紧紧抱住他说："田路，你可吓死我们了。还好你没事。"田路也高兴地说："我没事。倒是你辛苦了！跑这么远给我送装备。"

熊志一说："也不辛苦，就是换了几趟车，花了点时间。你交代我做的事情，我可不敢马虎，必须亲力亲为，不出一点岔子。"

当天晚上，冯爷爷把房间让给了田路和熊志一，父子俩挤了一宿，冯婶则和冯遥冯力住一屋。可能是田路遇险刺激了熊志一，他拉着田路聊到很晚。听田路描述三江源时，熊志一的两只眼睛在黑暗中闪闪发光，就像雪豹一样。他说："田路，以后你还去三江源不？去的话一定要把我带上。我也想去看看长江的源头。"

第二天一早，熊志一先回武汉。临别前，他又紧紧地抱住田路，在他耳边说："兄弟，你可一定要悠着点，不能再出任何问题了。你要记住，你的性命不是你一个人的，也是国家的。"

田路笑了，拍着熊志一的肩膀说："我会小心的。我们每个人都是属于国家的。"

中午的时候，田路要继续他的漂流了。冯遥把家里的六颗鸡蛋都煮了，让田路带在路上吃。冯力对皮划艇特别感兴趣，非得要跟到江边，看田路怎么给皮划艇充气。冯遥也想去。冯爷爷当即决定，全家一起送田路去江边，为他壮行。田路背着皮划艇走在最前面，后面跟着冯力。冯力不停地小声央求："能不能带上我？"冯叔替田路拎着背包，冯婶有点舍不得，不停地拿手背擦眼泪。冯爷爷和冯遥走在最后面。冯遥的眼睛红肿着，前一天晚上肯定没睡好觉。

下水之前，田路递给冯爷爷四十块钱，说："冯爷爷，这是借您的钱，还有这几天的伙食费。算我的一点心意，请您务必收下。"

冯爷爷不愿意地说："一双筷子的事情，还伙食费！又不是为你一个人专门做的饭菜，没有你难道我们全家都不吃饭了吗？"

田路说："这几天，我可没少吃鱼、吃肉、喝酒，我都吃胖了。冯爷爷，这钱您一定得收下。不说别的，我孝敬您老喝酒还不成吗？"

冯爷爷说:"这话我爱听。你买酒给我喝,我还真的要多喝点。"

田路又走到冯遥面前,递给她一张字条,说:"这是我的通信地址。可以随时写信给我,也欢迎暑假的时候你和冯力到武汉来找我。"

冯遥把字条紧紧地攥在手心里,看着田路欲言又止,最后才幽幽叮嘱了一句:"你一定要注意安全。"

田路给皮划艇充足了气,放入江中,随后跳了上去。皮划艇瞬间离开了岸,如离弦之箭向下游冲去。田路不敢回头,也不敢向站在岸边目送自己的一家人挥手告别,更不敢把盘桓在胸口的念头大声喊出来。

江水湍急,很快把田路推向了远处。田路离草池坪村越来越远,但心中那份挂念却再也无法割断。"我住长江头,君住长江尾。日日思君不见君,共饮长江水。"田路觉得,这阕词是为他量身打造的。

07

　　从宜昌漂流到武汉比较顺利，用了十二天时间。看到雄壮的武汉长江大桥，田路特别感慨。一九八三年六月，他就是从司门口纵身一跃，跳进温暖宜人的江水，依靠着一只旧轮胎，开启了第一次漂流。记忆中的那个夏天，充满了离别的伤感。聚似一团火，散如满天星，要作别的不仅有同窗共读依依不舍的友情，还有轰轰烈烈无疾而终的爱情。

　　时隔五年，又到快毕业的时候，田路也完成了又一次漂流。但这不是简单地重复自己，两次漂流让他认识了一条完整的长江，当他从这样的江水中登岸时，已经脱胎换骨，成为一个崭新的田路。他对爱情的理解也发生了深刻的变化，以前他会无所顾忌地向林静表达爱慕之情，现在面对冯遥，他充满了关切与呵护，以前林静会恼怒于他直勾勾的目光，现在换成他要躲闪冯遥扑闪的大眼睛。

然而，岸上迎接他的场景却似曾相识。熊志一站在最前列，手里高举着一面红旗，陈宝林、老潘站在他身后，脸上都充满了自豪。不一样的是，这一次场面更大，一众记者想必已经完成了外围的采访，正在等待主角的出现。大桥上挂着很多条幅，有的写着"祝贺完成中国长江第一漂"，有的写着"欢迎漂流勇士田路"，有的写着"长江精神　田路风采"。好奇的群众越聚越多，手上指指点点，口中叽叽喳喳。黄鹤楼露出上半截，蛇山龟山静默如常。那个田路熟悉的武汉一下子扑面而来，让他有点猝不及防，如果胳膊够长，他一定会把武汉三镇紧紧抱入怀中。

田路再一次成为新闻人物，《中国青年报》在头版头条报道了田路的漂流壮举，一下子举国皆知，长江南北大河上下，都在热烈讨论新一代"青年精神"和"青年力量"。

"这还是我们认识的田路吗？"熊志一把那一天的《中国青年报》举在空中，几乎是在兴奋地吼叫。为了庆祝田路的胜利，老潘约了田路、熊志一和陈宝林到家里喝酒。田路很快沦为兄弟们调侃的对象。陈宝林说："为行者田路干杯！"老潘说："为三峡之恋干杯！"连老潘的女儿也来凑热闹，要和田叔叔干杯。

在一九八八年，《中国青年报》每日发行量达到了惊人的两百万份，影响巨大。陈东明、王慈、于真、吴爱军、雷华和冯遥，也都看到了田路的这条新闻。

陈东明心里十分激动。他想起毕业前自己和田路在珞珈山有过一次长谈，具体谈了什么有点模糊，但自己在石头上刻下的"始"字却须臾不敢忘记。田路的第二次漂流，不仅是"始"，也是"终"，因为田路践行了自己的诺言，征服了整条长江。这是疯狂的，唯其如此才振奋人心。对田路而言，这还是另外一个"始"，一个新的台阶。毫无疑问，田路是他们这一届里面最勇敢的，假以时日一定会取得更加惊人的成就。田路在读研，田路已完成第二次漂流，可是自己呢？陈东明环视四周，毕业后他分配到中央研究单位旗下的这家杂志社，现在已经是编辑室副主任，副处级。短短五年时间，取得这样的成绩足以骄人，但田路的新闻给了他当头棒喝，现在的工作，平淡的生活，真的是自己满意的吗？经过痛苦的反思，再度伏案编辑刊物时，他开始产生怀疑；特别是当他从案牍劳形中抬起头，这种一成不变的生活仿佛一眼就能看到头，他第一次涌现出"背叛"的冲动。

等候书屋里的读者越来越少，门可罗雀。王慈并不着急，越发把书屋当成了自己的书房，平时没人的时候，他正好读书写作，也是乐在其中。读完漂流的新闻后，他为田路感到由衷的高兴，但愿田路能从几年前的恋爱阴影中彻底走出来。想到五年前田路的"冲冠一怒为红颜"，他又有点担心。"这个田路，当他开启第二段恋情时，不知道又会做出怎样的疯狂举动。"想到这里，他又摇摇头，"一个怪人！不，一个奇人！"

于真则是又惊又喜，对身旁的女同事说："这个田路，原来都是我把自己的作品强行塞给他看，没想到现在轮到我从报纸上看到他的新闻了。真不知道他到底是疯子还是天才。其实他不疯狂的时候，还真是挺有魅力的。"女同事若有所思，故意问于真："那他漂流长江时，你认为他是疯子还是天才呢？"于真脸一红，说："这我可不知道，你得去问长江。"

吴爱军平时基本不看报纸。这一天他正在一个小馆子里吃牛肉面，无意中眼睛扫过别人落在桌上的报纸，觉得图片上的那个人有点眼熟，仔细一瞅，顿时乐了。这不是当年在学校门口要和自己打架的那个哥们儿吗？吴爱军毕业后在北京一家水利部管的技术研究所上班，每天东奔西走，观测大小河流湖泊。他觉得自己就像是一头困兽，完全提不起劲来。吴爱军一边往嘴里扒拉面条，一边破天荒地浏览完了整篇报道。吴爱军有点后悔，这个田路挺有意思的，当初应该和他干一架才是。正所谓不打不相识，打过架之后说不定倒能成为很好的朋友。

雷华是蹲在女生宿舍外的台阶上看完这篇报道的。他边看边庆幸，一九八三年版的田路自己没机会认识，一九八八年版的田路自己却与他喝过酒，还是升级版的。说起来真要感谢田路和王慈，不是他们用酒和话语鼓励自己，自己就不敢去找张红，也就发现不了《硅谷之火》了。

张红走过来时，发现雷华正一脸憨笑，便问："你在看什么，乐成这样？"雷华指着田路的照片说："这个是读哲学系研究生的师兄，最近他完成了一个壮举，成了名人。"张红脱口而出："你说的是田路师兄吧。大家最近都在谈论他。"雷华忙问："谈论他什么？"张红激动地说："当然是谈论他的漂流。大家都很佩服他的勇气、毅力和冒险精神。他太了不起了，真是我们武大的骄傲。"

听到张红当着自己的面毫无保留地表扬另一个男人，雷华的心里酸溜溜的，虽然他早已把田路当成老大哥，但还是摆出一副不以为然的神态说："漂流这事儿真有这么难吗？会游泳的人不是都能去做吗？"张红显然很不认同，反驳说："如果很容易的话，为什么到目前为止全中国这么多年轻人就他一个人挺身而出了呢？"

雷华被张红抢白得哑口无言，脑海中却突然浮现出《硅谷之火》中描述的情景，青年精神和青年力量可以体现在漂流上，也可以体现在科技创新的冲浪上。雷华涌出一股激情，他异常认真地对张红说："你放心，我一定也会干一件了不起的事。"张红笑了，开心地说："那一言为定。"

反而是田路自己读这些报道的时候，觉得有些泄气。很多报道都在过度解读，既没有提到他两次漂流的感情原因，也没有触及他真实的心境，只是强调他为民族尊严而漂流，夸奖他为当代青年做出了表率。其实，他只是想做他自己，或者说，成为更好的自己。只有成为更好的自己，才能享有生命的激情，才能配得上心里的她。与其说他完成了一次前所未有的壮举，不如说他在漂流的过程中修炼了心境。他常常会想起三江源，想起三峡，想起草池坪村，想起冯遥。

等待的时间非常难熬，田路在等毕业分配，也在等冯遥的来信。可是冯遥一直杳无音信，他担心她忘了他。当初他留给冯遥的是学校地址，一旦毕业离校，即使冯遥托鸿雁传书，他也收不到了。他决定给冯遥写一封信，情动于衷，下笔千言，整整写了三页纸。他告诉冯遥："西陵峡之后的漂流，都很顺利，在武汉上岸时，很多媒体记者采访了我，《中国青年报》也登载了新闻。不过他们感兴趣的话题都不是我最想说的。没人关心三峡的瑰丽、草池坪村的宁静。这次漂流，我最感激的其实是在遇险时被你的家人救起，让我有幸遇见你。造化的神奇，除了对山水的鬼斧神工，还有人与人之间的缘分。"在信的最后，他发出诚挚的邀请："我希望你能很快来武汉。我会陪你登黄鹤楼，游东湖，也会带你去汉正街买衣服，品尝各类小吃。"

可惜的是，信寄出后，并没有顺利投递到草池坪村，一场意外阻断了田路与冯遥的联系，让他们天各一方。冯遥虽然没有收到田路的信，却也看到了田路的新闻。田路离开草池坪村后，冯遥便一直珍藏着田路留给她的地址，也反复尝试给他写信，但无论写什么都不满意，信纸写了撕，撕了又重写，再写再撕，再撕再写。好好的一个人被写信折磨着，没几天就瘦了一圈。这一切冯爷爷都看在眼里，却不知道该如何开导自己的孙女。渔家女和大学生，本来就不是一个世界的人。这句话他实在不忍心说给冯遥听。

　　有一天晚上，一个邻居过来串门，手里拿着一份报纸，兴奋地说："这个是不是前阵子住在你们家的客人？"报纸上有一张很大的田路的照片，几乎占了半个版面。冯遥拿起来一看，顿时尖叫起来："田路哥哥上报纸啦！"她让爷爷、爸爸、妈妈和弟弟都来看。每个人拿起报纸时，她都要问一句："是不是太厉害了？"邻居在一旁羡慕不已："没想到你们家的客人这么火色。他现在可是名人了，肯定能见到大领导。"顿了一下，他又吞吞吐吐地说："不知道能不能让他出面给说说情？……"冯爷爷磕着旱烟袋，沉默了半晌，才说："那人在长江上漂流，遇险碰巧被我给救了。他和我们非亲非故，估计以后也不会有什么联系。"邻居很失望，说："看来这个人也指望不上了。"他长叹一声，也不要报纸了，心事重重地离开了冯家。

　　冯遥再也忍不住，哽咽着跑进卧室，把门重重地关上。冯力问："我姐这是怎么了？大哥哥上了报纸，她哭什么？"冯爷爷呵斥道："快点做你的家庭作业，写完上床睡觉。不该你操心的事儿，你瞎起什么哄啊！"

08

　　七月份研究生毕业分配结果出来后，田路出离愤怒了。他觉得命运给他开了一个残忍的玩笑，三年前他想方设法跑出来的地方，三年后居然还是他的归宿。按照"从哪里来，回哪里去"的毕业分配政策，田路依旧分配到宜昌，不过接收单位从企业党校变成宜昌地委党校。那位负责研究生分配工作的同志，肯定认为地委党校比企业党校好，因而也是对田路最大的肯定和认同。

　　田路拿着分配通知单，在宿舍足足发愣了一上午，中午饭都没有去食堂吃。如果这就是三年前拼命争取的结果，那么读研的三年还值得吗？难道所有努力都只是为了上一个台阶，得到一个差强人意的结果？

　　毕业在即，同学们转眼都要各奔东西。研究生部学生会准备在西门旁的小餐馆聚一次餐，一来庆祝毕业，二来也是送行。六位负责人都参加了：主席田路，是哲学系的研究生；副主席余三石，是病毒学系的研究生；联络部部长王东海，是生物学系的研究生；宣传部部长喻鹏飞，和王东海是同门师兄弟；组织部部长宋佳是个女生，也是生物学系的；活动部部长刘闯，是化学系的研究生。熊志一虽然不是学生会干部，田路也带上他参加了这次聚餐。

七个人里，田路、熊志一、余三石、刘闯和王东海都是今年毕业，余三石分到湖北省卫生厅，熊志一分到湖北省政府办公厅，刘闯进了科研机构，王东海去了石化公司，田路则是回到宜昌做老师。在别人眼里，这些工作都不差，但与他们各自的志向、意愿相去甚远，每个人似乎都不满意。

余三石给自己满上一杯酒，率先发牢骚："我其实想做研发，造福人类，结果却让我去卫生管理部门，真是阴错阳差。"

熊志一也倒了一整杯，抱怨道："我呢，想去新闻单位工作，做一个时刻监督社会的记者。我去办公厅做什么，只怕一天也待不下去。"

田路苦笑，对熊志一说："其实我最想去你的单位，要不我们换一下？我想改变城乡的面貌，我要从办公室科员做起，一步一个脚印，做到县长，再做到市长。"

刘闯很愤怒："毕业生分配为什么不征求一下毕业生本人的意见呢？很多时候，明显牛头不对马嘴嘛！这样怎么开展工作呢，怎么人尽其才呢，怎么进行四个现代化建设呢！"

王东海虽然不能喝酒，也给自己倒了一杯。

宋佳安慰他们说："你们这些单位都很好，等到我毕业，还不知道能分到什么样的工作呢！"

大家各有怨言，牢骚满腹。田路提议说："今年毕业的哥儿几个先干一杯吧。今天之后，就不知道几时才能再相聚了。"喻鹏飞和宋佳也端着酒杯站起来，大家都有些黯然神伤。

田路又连干两杯，像是下了很大决心似的，说："哥儿几个，祝你们报到顺利，前程似锦。我也不想隐瞒大家，我是不准备去报到了。"

余三石愣住了，反应过来后连忙劝阻："田路，这个时候你可不能任性。虽然现在的岗位都不是我们最想去的，但好歹都是吃公家饭，也有发展空间。你不去报到，你想过后果没有？"

田路摇了摇头，握拳在桌子上重重敲了一下，震得碗碟乒乓响。

熊志一在旁边摇着头说："他肯定喝高了，喝多了，上头了。"

田路认真地说："志一，你还不明白我吗？我没有喝多，我是真不想干了！"

熊志一关切地问："那你干什么呢？"

田路斩钉截铁地说："我自己干。"

喻鹏飞震惊得眼珠子都快掉出来了，他问道："你一个堂堂武汉大学毕业的哲学系研究生，你要去做个体户！"

田路没什么反应，熊志一倒是被戳到了伤疤，反驳道："鹏飞你这个想法落伍了啊。个体户怎么了？我当年大三的时候就做了个体户。"说起个体户，那可是熊志一的光辉历史，虽然结局很凄惨，真正的赔了夫人又折兵，但好歹积累了实战经验，交到了王慈、简威、文涛这些好朋友。

大家你一言我一语，都是劝田路慎重思考的。等大家都说完了，田路才说出自己的想法："万事开头难。任何事都需要有人去做。公家铁饭碗，旱涝保收，也有升职空间，这是谁都知道的。考大学，读研，不都是为了找一份稳妥的好工作吗？可是，中国的私营个体经济要发展，必须有人来做吃螃蟹的人。我也想谋求公职，可是我没有机会从政。既然如此，我就去经济大潮里当个弄潮儿吧。"

熊志一很担心地问："经济大潮，那可是凶涛恶浪，万一你不幸淹死了呢？"

田路朝熊志一的胸口捶了一拳，说："三峡的险滩暗礁都没有把我收走，经济大潮要淹死我可没那么容易。我要是淹死了，怎么着也得拉上你。我可还记得呢，当年在司门口是谁在背后推我到江里去的。"

熊志一搂着田路的肩膀说："那我就跟你一起干。大家好兄弟，要发一起发，要淹一起淹。说起当年时，你还真得感谢我。要不是我推你那一下，你怎么会成为现在的新闻人物？"

熊志一和田路这么互相一挤对，席间消沉的情绪一扫而空，大家都笑了起来。

在学生会里，余三石、刘闯和田路是铁三角，工作中再大的困难和麻烦，只要他们三个人出马，没有解决不了的。田路铁了心要下海，两人也表态说："既然这样，干脆我们一起去创业。"

宋佳感受到了大家的激情，也充满了向往地说："太好了，我也预报名。明年毕业后，我就跟你们一起做个体户。"

熊志一赶紧纠正说："什么个体户！我们是集体户！我们要开公司。"

喻鹏飞有点听糊涂了，问："公司？公司是什么玩意儿？"

熊志一长叹一声，说："看到没有，这就是当代的大学生和研究生，居然不知道公司为何物！改革开放已经整整十年了，悲哀啊，这是大学教育的悲哀。"

不顾熊志一在一旁插科打诨，田路赶紧给大家普及了一下现代企业和公司的知识，他说："现在的情况很清楚，武汉是长江中部大城市，以汉正街为代表的个体经济蒸蒸日上，闻名全国，但是个人创办的公司却少之又少，主要还是外商投资开办的公司。我查过资料，广州已经涌现出很多本土人创办的公司。我认识一个本科生朋友，是计算机系的雷华，他因为痴迷软件看过很多外文版的杂志。他告诉我说，在美国，大学周边聚集了很多在校学生创办的公司，因为大学有学科优势和人才优势，最顶尖的科技公司几乎都和大学有关系。我们是中国最早几批的研究生，说句不好听的话，如果最聪明的大脑都向往有编制的工作和稳定的生活，那么私营经济的发展就是一句空话。"

熊志一一改往日的插科打诨，听得很认真，然后说："搞半天你早就做好准备了！田路，我可告诉你，你如果不带上我，就太不够意思了。"

田路打趣他："带上你没问题啊，你先告诉我，你想做什么？"

熊志一反应也很快，马上说："我不管，反正你做什么我就做什么。你做经理我就做经理，你做厂长我就做厂长。"

宋佳被这段绕口令绕糊涂了，问道："那就是有两个经理，或者两个厂长了。这么一来，我们到底该听谁的？"

熊志一也愣了，低头琢磨一番，才无可奈何地说："还是听田路的吧。谁让他现在的名气比我大呢！"

余三石算是听明白了，更加佩服田路，他给自己倒了满杯酒，为田路添了半杯，碰杯喝完之后，他才虚心请教："你好好讲一讲，我们这公司具体怎么做？"

其他人也跟着说："是啊，你快给我们说一下。"

田路看出了大家的诚意，也很认真地说："开公司的事，就让我一个人先去闯一闯。说实话，你们分到的单位都不错，以后有的能当领导，有的能当大科学家，你们要珍惜。"

熊志一有点不高兴，拍着桌子说："你这是说的什么屁话！我刚说了，我既不想当干部，也不想当领导，我只想做个记者。但分配让我的希望破灭了。我跟你一样，也不满意这样的岗位，也不想去报到。既然你要去做公司，我也去做公司。我可不是学你，说到做公司，我的经验比你足。"

所有人把目光都齐刷刷地转向熊志一。熊志一有些心虚，强辩道："难道不是吗？我可是在读大学时就开了一家精品店。"他当然清楚，精品店撑到天也只是个体户，和办企业、开公司完全是两码事。

这个时候，能帮熊志一解围的只有田路。田路说："志一说的是事实。他很早就开精品店，为此没少去汉正街取经。论经验，他确实比我足。"

熊志一又得意地说起来："我今天去省政府送材料，你们猜我碰见谁了？"他自问自答，清了清嗓子接着说："我今天碰到文涛了。文涛就是当年和我一块开店的兄弟，大学毕业后分配到了省统计局，专门研究做数据分析，工作可清闲了。我们聊了会儿，他说正准备辞职，要到海南去。"

田路听到"海南"两个字，耳朵就竖起来了，问："他有没有说到海南去做什么？"

"今年四月，海南建省，成为经济特区。他也想去闯一闯。他有个同学在那边已经搞得风生水起。"

田路更好奇了，迫不及待地问："他的同学我差不多都认识，是谁啊？难道是陈东明？"

"不是陈东明。陈东明在北京。是简威。"

田路有点兴奋，说："看吧，已经有人抢先一步了。"

熊志一接腔说："是啊老田，你看人家经济系的已经闻风而动，我们哲学系的怎么着也要后来居上才对。"

田路冷静思考了一会儿，说："我不去单位报到了，这样可以节省时间，直接去做一些市场调查和筹备。你们该报到的报到，该上班的上班，该上学的上学，毕竟以后一起开公司，也是要有一些人脉关系的。临时去抱佛脚，不如平时多烧香。像志一在省政府办公厅，三石在省卫生厅，以后都可能帮得上公司。"

余三石比较认可田路的安排，说："田路说得有道理。所有的鸡蛋不能放在一个篮子里。该上班的先上班，为以后积累点人脉。"

熊志一拍了下手说："好，我就先去上班。我可先说清楚了，一旦我不想在那里干了，我就到公司当经理。"

谁也没想到，一场毕业饯行的聚会，变成了集体下海的誓师大会。

09

田路决定了的事情，九头牛也拉不回头。

毕业之后，他果真没有去宜昌地委党校报到。宜昌地委组织部为此打了无数次电话到学校，终于联系上了田路。组织部的领导苦口婆心地劝说无效后，又晓之以利害："你再不来报到的话，一定会开除你的公职。"

"开除就开除！"田路不为所动，他已铁了心要下海。

双方闹得正僵时，田路的姐姐田乐知道了这件事。她很清楚弟弟是属驴的，只能智取，不能强求，于是对他说："我们是共产党领导的社会主义国家，讲原则，讲组织，讲纪律。你即使不想去上班，也要走相应的流程，办理相关的手续。这样，对学校对用人单位都是一个交代，学校尽职分配了学生，用人单位接收了员工，组织关系和户口也转出转进。这个时候你再去单位申请停薪留职，也就顺理成章了。"田乐真实的想法是，万一田路公司没开成，也可以有条退路，继续回到党校上班。

田路觉得这个方法挺省事，便匆匆赶到宜昌市，去地委党校报到的同时也提出了辞职申请。党校第一次遇到这种事情，主管人事的副校长拍着桌子大骂："这个田路莫不是疯了。他认为党校是什么地方，由得他想来就来，想走就走。"研究了好几轮之后，人事科长和田路面谈："田路同志，你看咱们这样操作这件事行不行？第一，你本人写一份停薪留职的申请，具体原因你自己想好，申明从辞职日起不领工资。第二，以后有新的政策出来，我们再参照政策重新补办相关手续。"

只要能辞职，现在让田路做什么都行。他当场写了申请，说自己才疏学浅能力不够，无法胜任党校老师的职务，决定辞职，组织如何处理他都愿意接受。

人事科长看完申请后，对田路说："年轻人，我还没遇见过主动放弃公职的人，你是第一个。虽然我绝对不认可你现在的做法，但我还是很佩服你的勇气。希望你以后一帆风顺。"

田路走出宜昌地委党校大门时，如释重负。他很想绕道去秭归，陪冯爷爷喝酒，和冯遥在江边散步。但是上次寄出信之后，他一直都没有收到回音，他不知道冯遥发生了什么事，心里怎么想。以前他是受人尊敬的研究生，现在他一无所有，七年的大学生活顿成一张白纸，冯家人会接受这样巨大的落差吗？冯遥还会认为自己是一个英雄吗？宜昌的街道两侧，高大的行道树像是搭起了凉棚，几乎透不过一点阳光，习习凉风，让人舒爽。田路很想找个地方坐下来歇歇，但他知道自己不能停下来，必须穿过这茂密而又舒适的林荫道，哪怕走出去后，将不得不接受炙热阳光的直射。他无法停下自己的脚步。就像皮划艇一旦离开岸边，一定会被江水裹挟着一往无前。

按照熊志一的说法，广东、海南那边的私营经济已经如火如荼，田路感到了巨大的压力和挑战，也让他激情燃烧。兄弟们都在看着他，他不能辜负他们，既然已经下海，就不能落水淹死，一定要顺利上岸。等到公司上了正轨，到时候他一定会带着最漂亮的衣服去看望冯遥。

回到武汉之后，无职一身轻的田路花了两个月的时间考察公司的业务方向。这期间他经常和熊志一、余三石、王东海、刘闯、宋佳他们碰头，探讨最多的就是公司主营业务。

最后还是宋佳一语点醒梦中人，她在一次聚会时鼓起勇气说："我们这帮人，专业五花八门，总不能每个人的专业都去尝试一下。不能去开一家哲学公司，虽然田路是哲学系的，也不能开一家新闻公司，虽然熊志一是新闻系的。"

田路望了望宋佳，觉得这番话挺在理。

宋佳受到鼓励，继续说下去："余三石学的是病毒专业，刘闯学的是化学，王东海、喻鹏飞和我学的都是生物，七个人里面，有五个人的专业和生化有关。既然如此，我们干吗不开一家公司，专门做生物化学制品的研发生产呢？"

余三石眼睛一亮，说："宋佳的点子不错。我在卫生厅接触到的信息是，现在很多生化制品是非常短缺的，现有国有药厂的产品和产量，根本满足不了需求。一些小作坊做出来的产品质量不达标，也没人敢使用。"

这回轮到田路头疼了，想千想万，他就是没往生物化学这方面想过。因为他是学哲学的，知道方法论，知道商品与货币，知道生产力与生产关系，对具体的技术就是门外汉了。他心里寻思："我也不懂生化制品，成立一个这样的公司，我怎么管？我怎么当经理？"

宋佳眼巴巴地看着田路，希望他能采纳自己的献言。田路挠挠头说："宋佳的点子作为我们的备选吧。大家也再想想。公司的产品很重要，是生命线，必须求稳求准求狠。"

喻鹏飞点点头说："田路说得对。稳准狠，这就是未来我们公司的三板斧。产品立得住，公司才能立于不败之地。"

从学校出来后，田路边走边琢磨：一会儿觉得宋佳说的有道理，一会儿又觉得她太天真，他们七个人做生化公司风险太大了。一不小心撞到了个人，抬头看时，却是有一阵子没见的雷华。

雷华说："师兄，我早看见你了，一脸心事重重的样子。我就做了个野兔模拟实验，站在你过来的线路上，看你会不会撞上我。"

田路被逗乐了，说："敢情你是把我当野兔，你当木桩啦。你不去计算机上做编程，在马路上做什么粒子对撞实验啊？"

"听人说你还没去单位报到就把职给辞了。"雷华关切地问，"怎么回事？是不是失恋啦？"

田路摇摇头说："以前因为失恋跳江，现在因为失恋辞职。雷华，你这逻辑确实是二进制的，直来直去，不转弯的。"

雷华赶紧检讨说："是我想简单了。你现在是大英雄，就算失恋，换个女朋友也简单。"

田路说："打住啊，你这想象力，再编下去我的女朋友可就得站在我们面前了。我刚才是在想创业的事，走神了。"

"什么！你要创业开公司！"雷华心头为之一震，一把挽住田路的胳膊，"走走走，我们现在就去王慈那里聊会儿。你也太厉害了。一个大新闻接着一个大新闻。刚刚漂流，接着辞职，现在居然又下海了。"

田路和雷华走进等候书屋时，王慈正坐在桌子前凝神写着什么，都没有看见他们。

"王慈，你这是在给谁写情书呢？"田路悄悄走到王慈背后，冷不丁地说。

"你们怎么来了？"王慈也是一惊，放下了笔，"我在写小说呢。"

小说家田路倒是认识一个，那就是于真，她的小说还在文学刊物上发表了。听王慈说也在写小说，田路很好奇，把头凑过去看。王慈手忙脚乱地把本子合上，央求说："写完了再给你看好不好？到时还要请你多提意见。"

雷华说："我们刚才在路上碰到，想到好久没来书店，便一同来看看你。"

"承情承情。"王慈说，"你们最近怎么样？田路你不是毕业了吗？工作分配在哪里？"

田路说："分配到宜昌的地委党校，但我不想去，辞职了。"

"辞职了？"王慈并不吃惊，田路他了解，而且自己不也是辞职到武汉来等候了吗，于是说，"真的假的？不过也不奇怪，你是中国的堂吉诃德嘛，有什么事你做不出来？"

"田路师兄现在要创业了。"雷华先告诉王慈这个重大消息，又转头问田路，"师兄你为什么要开公司呢？"

田路不免有些失落，他说："我为了不当党校教师，考上了研究生，结果研究生毕业后，还是回去当教师。教师是很神圣的职业，但并非我的初衷，也无法实现我的理想。改革开放十年了，总要有人去做公司，去经营企业，才能让中国经济真正参与世界竞争。现在我们喜欢用的是日本的电器，喝上瘾的是美国的饮料，但是我们中国自己的电器和饮料呢？"

情况确实如此，甚至有愈演愈烈的趋势，雷华忍不住问："那你做什么呢？电器？饮料？或者别的？"

"这是开公司的关键，我们已经有了一些备选，但还没有最终确定。"

王慈笑着说："那你不如开书店。"

田路也笑了，说："我就不抢你生意了。我开书店，你做什么去？"

王慈说："我写小说。比如说武侠小说，有的人爱看金庸，也有的人爱看古龙，还有人爱看梁羽生。大家都觉得这几个人把武侠小说写绝了。结果呢，年轻的温瑞安杀了出来。只要你写得好，写得有特色，和别人不一样，就会有读者和市场。做产品的道理估计也差不多吧。"

听王慈这么一类比，田路心头豁然开朗。只要他们七个人生产出与众不同的生化产品，又是别人急需的，不是就有市场了吗？不是就有销路了吗？做生化产品虽然专业性强，难度大，但正因为门槛高了别人望而生畏，竞争反而不会那么激烈。想到这里，他对雷华和王慈说："我先走了，马上去开会。"

10

年轻人做事一旦找准方向，就会加速推进。田路把几个合伙人叫到一起，开了个碰头会，大家一致认同做生化制品是目前最合适的方向。

说干就干，熊志一建议说："大家有钱出钱，有力出力。"

余三石说："最好还是要有个标准。不管出钱出力，权责还是要细化和明确，不然东一榔头西一棒子，就成一盘散沙了。"

田路说："三石提醒得对，我们现在就按照出钱出力的比例，分好股份。"众人拾柴火焰高，在求得大家的同意之后，田路也向老潘和陈宝林发出了邀请。陈宝林和刘越兰的婚事告吹，毫不犹豫入了伙。老潘斟酌再三，考虑到要养老婆和女儿，家庭负担比较大，还是拒绝了。

熊志一、陈宝林、余三石、王东海、刘闯四人各出一万元钱；田路出了三万元，他没有积蓄，管父母要了两万元，又找姐姐田乐借了一万元；宋佳和喻鹏飞也不甘人后，怎么着也要出五千元钱。

田路说："宋佳和喻鹏飞，你们两个可以来帮忙，但目前的任务是读书，一年之后等你们毕业了再补交这五千元。"

最后的结果是，田路出钱出力最多，占百分之五十，熊志一、陈宝林、余三石、王东海、刘闯各占百分之八，宋佳和喻鹏飞各占百分之五。

田路拿到大家凑齐的八万元钱，捧在手里沉甸甸的，既激动，又感到压力。资金到位后，接着便要去申请公司执照。田路经人指点后来到武昌中南路工商所，对工作人员说："我想申办生物公司的执照。"工作人员瞪大眼睛问："你是什么单位的？"田路说："我没有单位，所以才要申办执照。""那你是要申办个体户吗？""我怎么是个体户呢？我们几个同学联合创业，是要成立公司的。"

简直是鸡同鸭讲，完全答非所问，问的人和答的人都一头雾水。工作人员头都大了，只好实话实说："你要办的这事儿，我们还没有碰到过。"虽然暂时不知道怎么办理，但对方很热心，告诉田路："你先在这里等着，我要向领导请示汇报一下。"

过了一会儿工作人员还真的把领导请了出来，介绍是杨所长。杨所长问："这位同志，就是你想要申请成立公司吗？"田路说："对啊，我和我的几个同学一起，做生物制品。"

"这可没你们想的那么容易，生物制品关乎人民的生命安全，我们对产品生产标准把控很严，这类公司不是说申请就能办下来的。"杨所长很有耐心地向田路解释着。他看着田路，突然想起来曾经在报纸上看到过照片，惊喜地问："你是不是漂流长江的田路？"得到确认后，他更加热情了，还给出建议："或许你应该去关山那边看看。那边准备建一个东湖开发区，离武大和华工也很近。可能有新政策，条件也会相应放宽，比较鼓励你们年轻人创业。"

出了中南路工商所，田路骑着自行车直奔珞喻路。过了博家坡、丁字桥、华师，再前面就是王慈的等候书屋，可还是没有看到开发区的影子。又骑过了卓刀泉，路上的行人和车辆越来越少，房子稀稀落落，地儿已经非常偏僻。田路怀疑杨所长是不是把地址说错了，正准备打退堂鼓，终于看到"东湖技术开发区指挥部"的牌子。四周一片荒凉，牌子也像是临时插上的，办公区是几间临时搭建的板房。这块田路当时认为是鸟不拉屎的地方，在未来将成长为武汉最重要的高新产业基地，被称为"中国光谷"。当然，这是后话。

指挥部里以年轻人居多，每个人都在忙进忙出。接待处的人问他："这位同志，你来这里找什么人，有什么事吗？"听田路说完来龙去脉之后，接待的人把田路领到一张桌子边，转身叫来负责人："唐科长，这个同学要办生物公司。"

唐科长微感诧异地问："什么？生物公司？"

田路赶紧解释："我是武大的学生，我们想成立一家公司，生产生化制品。现在是万事俱备，只欠东风了。公司成立后，就能上项目了。"

唐科长激动地站起来，握住田路的手说："欢迎啊！你先给我详细讲一讲，你们准备怎么干。"

听完田路他们前期的准备工作，唐科长不停地点头，说："这个想法好。武汉的优势就是大学多，有技术支持。大家都创业，我们的开发区才搞得起来。成立公司的事，就交给我们来办吧。"

田路很高兴，千恩万谢。三天后他如约再去指挥部问进展，唐科长却抱歉地说："办生化公司有点难，政策上没有明文规定，我们也缺少可遵循的章程。我还特地找了袁指挥长。他和我的想法一样，一定要全力支持你们大学生创业。具体怎么做，我们还要仔细商量一下。"

"那可怎么办呢？"田路急得直冒汗，"没有执照，我们生产的东西再好，那些医院、卫生院也不敢要啊。"

最后，唐科长终于想到了一个折中的办法。由开发区指挥部联系开发区所在的村委会，以村办集体企业的名义注册了一家研究所。田路为这个研究所起了个响亮的名字——"现代"。

一九八八年十月，在武汉东湖新技术开发区飞扬的尘土中，一间老厂房上挂出了崭新的牌子：现代生物化学技术研究所。

当袁指挥长与田路一起拉下牌子上的红绸布时，田路激动得热泪盈眶。在长江的两次漂流中，田路经历过很多感人场面，都没有流过泪。现在，他为"现代生物化学技术研究所"这个新生儿流下了热泪。

11

现代生物化学技术研究所很快研发出了四种产品，田路特地把唐科长和股东们都请到了车间。为了这次展示，田路做了精心准备，在桌子上铺了蓝布，每个产品的包装都很讲究，还贴上了标牌。田路骄傲地宣布："我们现代研究所在各位领导专家和股东的支持下，已经顺利研发出了第一批产品。"

大家很感慨，股东们更是把手掌都拍红了。熊志一有些激动，悄悄地问田路："老田，我们这下是不是要发了？"

然而销售并不顺利。第一批生产出来的产品，主要是些杀虫剂、消毒水之类，市场上的同类产品很多。由于是新公司的新产品，研发成本加上生产成本，导致价格偏高，根本不可能打开销路。两个月的努力全都打了水漂不说，账面上的钱已经花去了一半。熊志一的发财梦破灭了，哀叹道："这哪里是挣钱！这完全是在烧钱啊！"

田路把自己关在研究所里，待了一天一夜，想找出症结所在。王慈在书屋说过的话突然冒了出来："只要你写得好，写得有特色，和别人不一样，就会有读者和市场。"他茅塞顿开，第二天一早直接冲到省卫生厅的门口等余三石。余三石知道田路无事不登三宝殿，也略感紧张，问田路："又出了什么事了？"

"我花了一晚上想通了。我们之前研发的方向有问题。"

"什么问题？"

"我们不能研发大路货，不能按照采购清单来。"田路兴奋地说，"要做那种很特别的产品，人无我有我有我精那种。别人或者不愿意做，或者受制于技术做不出来。研发出这样的产品，我们才有出路。"

余三石眼前也一亮，说："对，生产市场上那些需求旺的、销售广的，我们没有竞争力。我们规模小，资金短缺，只能抢在市场需求前面，做科技前沿的生化制品。占得先机，才能立于不败之地。"

田路说："我来找你，就为商量这件事。你现在最重要的任务，就是找到这个先机。"

离开省卫生厅，田路又马不停蹄地赶往武大，去见宋佳和喻鹏飞。宋佳告诉田路，自己的导师武红旗教授在生化领域是学科带头人，见多识广，站得高望得远。如果武教授能够指点迷津，绝对能让他们这个新成立的研究所受益匪浅。田路自然喜出望外，催着宋佳带自己去拜见武教授。

武教授因为马上要去开会，在听完田路的来意后，只提醒了他一句："做生物化学制品没那么容易。"

田路很沮丧，宋佳也不知如何安慰他，只是陪着他在校园里漫无目的地闲逛。走着走着,田路突然停下脚步,说:"我们是不是应该去武教授家里拜访?"

宋佳吓了一跳,说:"武老师很喜欢在家里做饭招待我们这些学生。不过,如果去向他打听生意上的事,不知道他会不会不高兴。"

田路说:"即使冒失,我也要去。换个环境,说不定他更愿意给我们提供一些建议。"

周六下午,田路特意把父亲珍藏的一瓶茅台酒带上,宋佳也买了些水果,两个人一起登门拜访武教授。武教授果然很热情好客,只是不管田路如何努力想把话题引到产品研发问题上,他都是笑嘻嘻地用一句话带过:"做企业也像做研究和做学问一样,没有捷径可走,只能下苦功。"

两次去见武教授,都一无所获。武教授的态度让田路很困惑,既没有明确拒绝,也没有提供帮助的迹象。回到家后,田路怎么也睡不着,索性骑上自行车又去了武大。快十点了,气温降得很低,上完晚自习的学生疾步赶回宿舍。田路满怀心思,不知不觉又走到了生物系实验楼下。似乎只要多看看实验楼,就能帮他研发出广受好评的产品。实验楼的几个房间一直亮着灯,这么晚了谁还在做实验?田路有了兴趣,想要去和做实验的人聊会儿,说不定能有意外收获。

原来是武教授在做实验。吃完晚饭后,他送走了田路和宋佳,转身就来了实验室。田路不敢打扰,隔着玻璃门静静地看着。实验结束,武教授这才发现门外的田路。武教授收拾好实验器材后,示意田路陪自己一块走一走。田路抓住机会,把自己为什么想要开公司,为什么想要研发生化制品,一五一十地倒了出来。武教授边听边点头,快到家门口时他停下脚步,对田路说:"我大概知道一些你的事。你在漂流长江之前，对长江了解吗？"田路愣了，想了一会儿才老实作答："我提前查了些资料和数据。"武教授问："有用吗？"田路说："在制订漂流计划时有些帮助，譬如在什么地方上岸休整，多预备干粮等。不过下了水之后，我几乎不会想起这些。"武教授说："我吃饭时说过，做企业和做研究做学问一样。其实，下海经商和下江漂流也一样。你只能指望自己，不能把希望寄托在别人身上。换句话说，遇到危险时，没人能帮得了你。"田路有些意外，仔细琢磨着武教授的话。武教授说："今天太晚了。明天吧，明天上午我没有课，你九点左右到我办公室来。"

武教授终于愿意提点他了，田路为之欢欣鼓舞，骑着自行车，简直就是一路飞到了家。第二天他赶到武教授办公室的时候，八点还没到。武教授已经在了，看到田路的第一眼就说："我估计你肯定会提前来。我比你早到了十五分钟。"

田路很感动，后悔自己没有起得更早一点。

武教授说："我可以推荐一个产品，比较符合你们的产品定义，有市场需求，别人都不愿意做，而且只要你们肯努力，就能够把成本控制得比别人低。"

田路赶忙问："是什么？"

"尿霉素。"武教授说，"这个东西，现在有需求，将来需求会更大。但是国内很多国有企业都不愿意做。"

"为什么呢？"

"因为提取尿霉素的原料，主要是尿液。在农村收集尿液，因为地方太分散，人工成本很高。城市里公共厕所倒是很密集，但掏粪工的工作又脏又臭，会遭人耻笑。你们年轻人，又是高才生，愿意干吗？"

田路坚定地说:"我不知道别人会不会干,但我肯定干。"

武教授点了点头,说:"我考你到底有多大干劲,多大决心,现在看来是看对了你,技术上我全力支持你。"

研究所决定转行做尿霉素后,熊志一当即从省政府办公厅辞职,决意跟田路同甘共苦。刘闯也随后辞职。打仗亲兄弟,他们打定主意要破釜沉舟,同心协力把公司挺下去。

很快,武昌的大街小巷出现一个奇景,三个年轻人每天拖着粪车,一个厕所一个厕所地收集尿液。很多人都以为他们是环卫部门管理厕所的人员,看着又不像。问他们,才知道是生物研究所的。

田路拖着粪车,不忘给熊志一和刘闯打气。他把口罩解开说话:"别人看到我们觉得奇怪,证明我们还不像是干这一行的。我们就得把自己当成掏大粪的工人。"没想到他的父母正好迎面走过来。田路的母亲当场气得差点背过气,她怎么也想不明白,自己的儿子研究生毕业,居然当街掏大粪,简直比坐牢还要掉底子[1]。最后还是姐姐田乐帮着相劝,她才没把田路赶到大街上去睡。

一段时间之后,当田路、熊志一和刘闯再拖着粪车在街道上走,甚至是从厕所里收集尿液时,已经很撩撒[2]了。别人看到他们头上戴着帽子,嘴上戴着口罩,手上戴着手套,脚上穿着胶鞋,即使流露出嫌弃,但也不会觉得奇怪了。

工夫不负有心人。现代生物化学技术研究所出品的尿激酶很快投产,并且顺利地售出了第一批产品,利润还不小。在研究所成立的第七个月,在账上只剩下两百元的时候,他们终于赚到了第一笔钱,收回了四万元钱的回款。去掉两万元的成本,他们净赚了两万元。

1 掉底子:武汉方言,指丢丑、不符合身份。
2 撩撒:武汉方言,指爽快、没有顾忌、直截了当。

078

12

　　创业取得了初步成功，田路最想与之分享的人是冯遥。但上一封信寄出后如泥牛入海，冯遥并没有回信。田路决定去一趟草池坪村，他迫不及待地想要见到冯遥。

　　动身之前，田路特意去了一趟扬子街工业品市场。和汉正街相比，这里是比较时髦的时装街。在一家规模很大的女装店，田路相中了一款橙色格子棉布连衣裙，他觉得冯遥穿上了一定很美。

　　田路把裙子小心翼翼地叠好放进书包，又在烟酒店给冯爷爷买了两条大重九香烟。他离开西陵峡已经快一年整了，但在草池坪村的日子仿似昨日。他觉得自己刚刚才离开冯遥一天，她的模样历历在目。近乡情更怯，离草池坪村愈近，他的心跳便更快一些。冯遥的一笑一颦在眼前闪耀着光芒。

当田路风尘仆仆地赶到草池坪村，却被眼前的一切惊呆了，他甚至怀疑自己是不是来错了地方。曾经的砖屋土墙，倒的倒，歪的歪，村中再也不见一个人影，这里已成了一片废墟。

怪不得冯遥没有给他写信，她肯定没有收到他的信。这里究竟发生了什么？地震？山体滑坡？为什么村人都不见了？

"是不是我来晚了？遥遥你在哪里？"田路跌跌撞撞地来到江边，依稀还能看见冯遥的身影，还能听见她银铃般的笑声，他一遍遍地喊着："遥遥！遥遥！……"

田路不知道自己是怎么走回到集镇上的，整个人像丢了魂一样。在街上，他逢人就问："你知道草池坪村搬到哪里去了吗？"

有知情的人说："因为三峡大坝的移民工程，靠江边的村落都搬迁了。村民们领了政府发放的补贴，有的投亲靠友，有的另觅居处。每一家每一户的去向都不一样。想要找人，难哪！"

田路仍不死心。第二天他又沿着江边徘徊，希望能在江上看到熟悉的冯爷爷的渔船。他心想，冯爷爷打了一辈子鱼，肯定是不会离开长江的。江风吹过耳畔，他似乎依稀听到冯遥哀婉的歌声："我住长江头，君住长江尾。日日思君不见君，共饮长江水。此水几时休，此恨何时已。只愿君心似我心，定不负相思意。"

傍晚时分，彩霞漫天，群山之巅宛若遍插胜利的彩旗。耳畔分明是冯遥俏皮的声音："像这样的晚霞，在我们这里天天都有。"这真是田路见过的最悲伤的彩霞。再怎么伤心欲绝，他终究还是要离开这块伤心地，要坐车返回武汉。他是如此悲怆，以至于在车站差点坐错了班车。在车上，他听到两个乘客在聊天，一个提到三峡移民，言语之间颇为羡慕他们住上了政府统一安排的安置房。另一个则很是担心，因为很多靠打鱼为生的渔民失去了生计，往后的日子未必好过。

田路一下子惊醒了，赶紧问他们："村民们的安置房在哪里，你们知道地址吗？"

两个人摇摇头说："搬迁了好多人，安置房也有好多处，咋个能知道谁住哪里呢。"

随着车子的一路颠簸，很多人昏昏欲睡。田路看着秭归县城越来越远，心里面冯遥秀丽的面庞却越发清晰。

13

田路蔫头耷脑地从秭归回来，在傅家坡车站碰到了文涛。田路很诧异，他以为文涛去年就去了海南。

文涛告诉田路："确实计划半年了。只是一直有事没能成行，拖到了现在。"

田路问："去海南后准备干什么？"

"我和简威说好了，先到他们公司干一阵子再说。"文涛显得踌躇满志，"那边在搞经济特区，遍地都是发财的机会。"

田路又问："我听说郑华也要去。"

文涛说："郑华是借调到海南，在政府研究室上班，还提拔成了副处长。他小子比我强，算是混出来了。"

田路很高兴地说："这样也挺好。你们三个人在那边互相有个照应。看来真有不少人闯海南啊，怪不得报纸上说'十万人才过海峡'……"

文涛说："政策好嘛，所以大家才会都拥过去。我听志一说，你现在也在自己搞创业？"

田路没有隐瞒，他说："我毕了业就没去报到上班。和几个同学一起做了一家生化研究所。"

正聊着，文涛乘坐的那趟车开始检票了，他匆匆对田路说："老田，我得上车了。多保重。"

田路目送着文涛离开，心想，形势确实变了，大家都不再贪恋安乐窝。下海虽然吉凶莫测，但下海的人越多，自会形成巨大的声势。虽然冯遥一家的去向成谜，让田路牵肠挂肚，可是研究所的事情也千头万绪，他作为经理，离岗时间不能太久，只能慢慢再去打听冯遥一家的下落。

文涛从傅家坡一路坐车到长沙，再转到桂林、南宁，到了南宁再换成轮渡，远比想象中更折腾更颠簸。五天之后，风尘仆仆的文涛才抵达海口。

简威坐着一辆上海牌轿车，亲自到码头来接文涛。士别三日当刮目相看，简威现在可气派了，大背头，西装革履，还配有司机和秘书。要不是简威主动过来握手，文涛还真认不出来。

车子一直开到一幢大楼门口，离得很远就能看到巨大的铜字招牌，"南方集团"四个字在炎热的阳光里闪闪发亮。

文涛赞叹说："果然是大公司，挺有门面儿的。"

简威说："老板把整幢楼买下来了。一层到五层是办公区，六层以上是员工宿舍。工作、吃饭和睡觉都在这幢楼里，效率很高。你先和我挤一下，过几天公司会给你分配单独的套间。这一路舟车劳顿，你肯定累了，先洗漱休息一下，然后我带你去见老板。"

进了简威的宿舍，文涛才问："你们公司到底是做什么的？你在信里和电话里都没有说清楚。"

"不是做什么，是什么都做。"看到文涛惊讶的表情，简威笑了，"这就是资本的力量。老板有钱，有钱就能让钱生钱。换句话说，什么挣钱就做什么。"

文涛心想，这还是什么都没说清楚。不过既来之则安之，有简威在，他也就不咸吃萝卜淡操心了。于是只挑轻松的问："你们老板多大年纪了？"

"五十多。"

"这么大年纪，还这么有激情？"

"比我们年轻人还有激情，精力也好，每天只睡两三小时，一样精神抖擞。等会儿你见到他就知道了。气场非常强，是天生的老板。"

洗漱完毕，文涛看上去精神了很多。简威便带着他下到二楼那个装修特别豪华的房间，就是穆总的办公室。

穆总果然神采奕奕，他身材魁梧，比简威足足高出一个头。穆总见到文涛，显得很高兴，脸上带着笑，用力握住文涛的手，还使劲上下摇着，说："欢迎文涛先生加盟我们南方集团。简经理多次向我隆重推荐你。你是武大毕业的高才生，又一直在湖北省政府机关工作，你的到来，一定会让南方集团如虎添翼。"穆总的欢迎词简短精练，热情洋溢。他松开文涛的手之后，还在文涛的手背上轻轻拍了一下，随即转身吩咐女秘书："小伍，你去通知一下潘主任、冯经理、王经理，让他们一起见一见文涛先生。"

过了一会儿，三个年龄相仿的中年人走了进来，穆总——介绍之后，说："在座都是公司的骨干，大家以后要精诚团结，共创辉煌。文涛直接从副经理位置做起吧，负责搞政策研究。这是你的强项，发挥你的火眼金睛，避免公司犯政策方向上的错误。"

文涛有点郁闷，他在湖北省统计局搞数字分析，没想到在海南还得继续搞政策研究。

穆总继续说："文经理，你的责任很大。我是最重视政策研究、大势分析的，只有把政策研究透，我们才能够稳扎稳打，不犯路线错误。当然，大的方向我会亲自把握，你只需要做一些行业性的研究，随时向我汇报。"

接下来的一周，穆总并未安排文涛任何具体工作，只是让简威开车带着文涛四处游玩，熟悉海口的环境。几天下来，文涛真是长了不少见识。海口满街都在搞开发，工地林立，到处都有机械在作业。街上的广播车循环唱着一首歌："请到天涯海角来，这里四季花常开，海南岛上春风暖，好花叫你喜心怀……"

他们还去参观了工业区，里面有不少外资工厂，规模都不是很大，车间内几乎都是女工在工作。在一个围着很多人的小广场前，简威把车停下了，对文涛说："走，下去看看。"广场上很热闹，有人在摆摊卖磁带。有刘德华、谭咏麟、邓丽君、张国荣、费玉清等港台明星的，也有毛阿敏、蔡国庆等内地歌手的，还有国外歌星的。文涛拿起来一盒迈克尔·杰克逊的，问："这盒磁带多少钱？"

老板正忙得不亦乐乎，看都没看，就说："所有磁带一元钱一盒。"

"这么便宜，不会是盗版吧？"

还没等老板回答,旁边有人主动说:"和正版的没什么区别啦。都卖这么便宜了,跟白捡的一样,谁还要买正版嘛!"

简威也挑了几盒,最后两人共买了十盒磁带。

午饭在饭馆里吃,简威点了海口有名的文昌鸡和东山羊。下午两个人又去海水浴场洗了海澡。

简威说:"我们先回宿舍休息一会儿,晚上我再带你去个好地方。"

"什么好地方?"文涛问。

"去了你就知道了。"

到了晚上九点钟,简威突然说:"你抓紧收拾一下,我们马上出去娱乐一会儿。"

文涛穿上衣服,也没多问,反正跟着简威走就是。

海口的夜生活十分丰富,街边全是水果摊和小吃店。街上人很多,好像都是夜猫子,越晚精神反而越好的样子。

两人拐进一条小巷,里面灯火通明,霓虹闪烁,歌舞升平,显然都是歌厅、舞厅。简威带着文涛径直走进一家名叫"天涯女郎"的歌厅,一个穿短裙烫头发的女人立即妖妖袅袅地迎了上来。"哎呀,简总你才来啊,人家都等你很久了。"说着就去搂简威的脖子。看来简威是这里的熟客。

简威有点尴尬,轻轻推开她,说:"今天我陪兄弟来唱歌。你去忙你的吧,不用你招呼了。"

"那行,我就不打扰了。简总你们好好玩。"那个女人虽然有点失望,但还是很礼貌地走开了。

简威本来想开个包房,文涛拦住了,说:"算了,我其实也不爱唱歌。"这时文涛有点明白过来，猜出了这里是什么场所，刚才那个女人是什么职业。他有点吃惊，没想到简威在海南待了几年，整个人变化这么大。如果简威提前告诉他，他肯定就不会进来了。

两人默默地喝了杯酒，听了几曲歌，还没坐满半小时，就起身离开了。

14

不久，郑华也来到海南，调任海南省政府办公厅规划处处长。简威和文涛自然热烈欢迎。简威的套间还空着一个房间，便怂恿郑华也住了进来，三兄弟得以重温大学时期的快乐时光。郑华虽然分到了单位宿舍，但几乎没有去住过。

郑华早晚在南方集团出入，穆总自然也注意到了，得知郑华在海南省政府工作，穆总如获至宝，埋怨起简威："简经理，你的同学都是大才。郑处长来了海南，你怎么不早点告诉我，岂不显得我们南方集团怠慢了人才！"

当天晚上，穆总便在海鲜酒楼设宴，为郑华接风洗尘，由简威和文涛作陪。穆总又派专车早早去办公厅大楼迎候，让郑华受宠若惊。见面时穆总紧紧握着郑华的手，说："郑华兄弟，你这位朋友我交定了！"

文涛和简威相视一笑，看来求贤若渴的穆总又惦记上郑华了。

穆总非常热情，也许是考虑到郑华的身份是省政府官员，点菜时没有太过铺张，一个大锅里炖着一堆海鲜，酒也是本地白酒"海口大曲"。四个人分宾主坐下，郑华再次感谢穆总的盛情款待，穆总笑道："郑华兄弟不远千里，前来支援海南建设，我不过是略尽地主之谊。"穆总在海南成立南方集团已经快三年，海南建省不过一年多时间，说是"地主"也不为过。席间，穆总眉飞色舞地讲述了他赚到第一桶金的经过，他当时将几火车皮小商品运到苏联，换回了一架二手飞机，转手卖给一个旅游景点，赚到了一大把现金。穆总居然是一个大手笔的国际倒爷，这让郑华肃然起敬，问道："穆总运筹帷幄，决胜千里，我很是敬佩。不知道您下一步有什么宏图大计？"

穆总沉吟了一会儿，说："不瞒你说，眼下世界变化太快，这正是我苦恼之处。这两年来，南方集团招来了不少人才，像简威，还有文涛，原是想着在海南大展身手的。尽管海南遍地是黄金，机会也很多，可我一直找不到当年的感觉和激情。"

郑华心想，这可能是因为钱不像当年那么好挣了，但嘴里问的是："为什么？宣传里面海南可遍地都是机会！"

穆总拍拍郑华的肩膀，语重心长地说："就因为遍地都是机会，所以生意才不好做。你想想，遍地都是机会，就意味着所有人都看到了机会。大家一哄而上，那机会还是机会吗？是坑！"

穆总的分析另辟蹊径，让郑华、文涛、简威三人茅塞顿开，纷纷点头。穆总继续说："就拿海南的娱乐行业来说吧。我和简威此前还专门研究过，总觉得门槛过低，有钱人都可以进场，但利润保障在哪里？现在满大街都是歌厅、酒店，有几家赚钱的？在香港最牛的行业是房地产，李嘉诚先生早在一九五八年便投资地产，经过三十年的发展，长江实业已经成为香港最大的地产商。可你们再看看海南，海南现在到处都是房地产项目，怎么做大？我们南方集团来得早，抢到了两块地盘，还稍微有点赚头。现在才闻风而动的，我可以断定，都得赔钱。"

简威是亲历者，对穆总在这两件事上的决策一直不明就里，连忙问："穆总，这是为什么呢？"

穆总解释说："虽然号称十万大军来海南，顶到天也就是十万二十万人口。但是现在开的楼盘，住一百万人都没有问题。加上为了赶工期，质量问题是极大隐患。试问，这么多楼房建起来，卖给谁？谁来买？"

郑华更崇拜穆总了，很认真地问："穆总见微知著，明察秋毫，那么现在海南什么才是好机会呢？"

穆总举杯敬了一下郑华，说："这正是我要向郑华兄弟你请教的问题。"

郑华很吃惊，说："穆总这么说，真是让我诚惶诚恐！我从学校出来后一直和政策打交道，对做生意一窍不通，现在又是刚到海南，穆总不要和我开玩笑。"

穆总转而问简威、文涛："郑华兄弟是你们的同学，也是好朋友，你们说说，他手上是不是有方子？"

简威、文涛愣住了，一时不知说什么好。郑华也很茫然。三个人都目瞪口呆地看着穆总。

穆总说："在我看来，巨大商机不在别处，就在郑华兄弟的脑袋里装着。"

郑华连忙摆手谦让："穆总您是前辈，您叫我郑华、小郑就行。"

穆总爽朗一笑，说："我还是叫你郑华兄弟吧。我听简威说，你在省政府研究室工作？"

郑华说："是啊，我一直都在研究室工作。在湖北是在省政府研究室，现在到了海南还是干老本行。"

穆总摇摇头，说："不一样。湖北省和海南省不一样。我更感兴趣的是，海、南、省、政、府、研、究、室，"他一字一顿，以示强调，"海南是最年轻的特区，中央的政策、市场的需求、省里的计划，所有这些信息，谁了解得最清楚？"

一语点醒梦中人，郑华、文涛、简威三人恍然大悟。郑华说："平时我接触的还真都是这些内容：政策啦，需求啦，应对措施啦……只是没往生意这方面想。"

穆总看到想要的效果达到了，便对郑华说："南方集团是做生意的。我想拜托郑华兄弟，先申明一下，我可不是让你做违反法律的事情。只要你及时告诉我政府决策和市场需求信息，怎么样？"

郑华也觉得这些并不涉及泄密，政府决策和市场需求信息迟早都会公之于众的，便一口答应下来，拍着胸脯说："我以后肯定会多留心，有什么情况第一时间告知穆总。"

郑华一旦上了心，还真有不少收获。他在一份内参上看到了南方（广东、福建、海南三省）因为道路、桥梁等基础设施的加快建设导致钢材急缺的现状，特别是深圳经济特区和海南经济特区，由于房地产投入加大，急需钢材和水泥。内参上还特别强调："希望中央计划重点保障南方，或者允许南方几个省份利用沿海优势，能够多获得些东南亚的进口指标。"

郑华大喜过望，好不容易等到下班，便直奔南方集团，把内参上看到的内容向穆总简要复述一遍，说："这份内参资料显示，现在海南最缺的应该就是钢材了。"

穆总猛地一拍桌子，说："果然是'当局者迷，旁观者清'。前段时间我们还到处找钢材来着，只是当时没往深里想。现在海南到处都在建设，又没有钢材厂，可不就是钢材最紧缺嘛。只是要在海南筹建钢厂，难度应该很大吧？"

郑华说："这一点我不了解。但是，如果我们现在能搞到一批钢材，不就有利润了吗？"

穆总说："只要手上有钢材，奇货可居，肯定能赚钱。可是我们去哪里搞到钢材呢？"他思索片刻，按铃把秘书叫了进来，说："小伍，你现在就去把潘经理、冯经理、王经理、简经理和文经理他们都请到会议室，我们五分钟后准时开会。"

很快，穆总麾下五员大将都到了。穆总先简要说明了一下情况，让大家各自谈谈看法。冯经理率先说："钢材生意确实不错，可我担心的是，我们有条件做吗？首先要面对的难题是我们到哪里去买钢材。"他说话也不兜圈子，一下子点到了命门，钢材确实太紧俏了。

穆总问："大家想想，看各自手头有没有这方面的人脉关系能够用到。"

冯经理问郑华："不知郑先生在北京那边可认识什么人？"

郑华摇了摇头，说："我在北京不认识什么达官贵人。我不过是一个小小的处长，又是从湖北调过来的，哪有什么关系！"

冯经理、潘经理、王经理像泄了气的皮球一样，瘫在椅子上。

简威想到了一个名字，说："东明不是在北京吗？他不是一直在中央研究单位？他应该能帮上忙吧。毕竟现在建设新海南，找上面批一点钢材应该不是难事。"

穆总顿时两眼放光，说："你们还有同学在中央研究单位！那个同学，你们和他的关系怎样？"

简威顿觉没底气，说："按说应该没问题。我们是老同学，当年一起在武大还组织过跨学科沙龙，影响很大……"他停顿了一下，补充说："可惜毕业之后我和他就再没有联系过。"

穆总眼睛里的光亮瞬间暗淡了。

郑华高兴地说："我怎么把东明给忘了？我和他是老乡，毕业后一直有联系，隔段时间还会通一次电话，谈论国内的经济形势、经济政策。我每次到北京都是住在他那里的。"

穆总的脸色马上阴转晴，用力一挥手，说："既然如此，你赶快联系他，我们马上飞北京。现在就去我办公室，给他打长途电话。"说着，穆总也不顾其他人，把郑华拉往自己的董事长办公室。

伍秘书在里面打开门，可能没想到穆总会把郑华直接带进办公室，略微有点慌乱。郑华瞥见办公室里居然有一张行军床，在豪华的办公室里特别醒目。看来这个穆总是个工作狂，定然经常加班，习惯以公司为家，吃睡都不离前线，估计他以前当过兵，举手投足都带着军人风范。

穆总看到郑华有些不自然，便介绍说："伍秘书你见过了，她其实是我的姨妹，我们是一家人。"郑华这才放心给陈东明打电话，大致说明了海南这边的情况。放下电话后，郑华对眼巴巴等结果的穆总说："东明这两天会先去了解一下情况，找到对接的人后就会通知我。"穆总很高兴，问："郑华兄弟，你觉得成功的概率大不大？"郑华对陈东明的能力还是很了解的，陈东明既然在电话里答应想办法，肯定能办成，不然直接就拒绝了。他连忙宽慰穆总说："穆总，您先别着急。武大同学里我最佩服两个人，陈东明便是其中之一。"

穆总闻言大喜，搂着郑华说："郑华兄弟这么说，我就放心了。走，我们现在去喝酒，吃鱼翅鲍鱼。你真是我们南方集团的大福星，我要好好敬你一杯。"他又对小伍说："你通知一下简威、文涛，让他们直接去星光海鲜城。你也一起去！跟我们郑主任多接触、多交流、多学习！"

这次点的菜品特别丰盛，几乎所有大菜都端上来了。简威小声对郑华说："穆总虽说对员工都很大方，但他在生活中一直很朴素低调，像这样请客吃饭，我还是第一次看见。"

郑华突然觉得压力好大，有种"上船容易下船难"的不祥预感。更何况这艘船上还有好兄弟简威和文涛，他即便想抽身离开也是不能够了，只盼着陈东明那边能一切顺利，他也好向穆总交差。

人一旦有了心事，再好的佳肴尝起来便也是土滋味泥气息，倒是旁边的小伍频频劝酒布菜，让郑华有些心猿意马。穆总都看在眼里，宴请结束的时候，说："小伍，你开我的车送一下郑主任吧。"

郑华连忙婉拒："穆总，不用了，我可以和简威、文涛一起回去。"

简威连忙对文涛使了个眼色，说："你不是说东明今晚有可能打电话过来吗？你留给他的是你办公室的座机吧，那你得守着电话加班了。我和文涛待会儿还有点事，不能陪你去省政府了。"

他们也看出郑华对小伍颇有好感。小伍名义上是穆总的秘书，实际上颇受重用，如果能够玉成两人，对郑华来说也是一桩美事。他们熟悉郑华的感情史。原来曾文莹毕业后即去法国留学，起先和郑华还有书信联系，但毕竟隔着大海，两个人的关系渐渐也就淡了。郑华申请调离湖北，也有这方面的原因。

穆总大手一挥，说："小文、小简，你们叫辆车先回去做事，郑华兄弟这边你们不用担心，小伍会安排好的。"

简威、文涛很快叫了辆出租车离开了。

话说到这份儿上，郑华也不好意思再拒绝了。他跟着小伍上了一辆白色的现代牌轿车。这款车型在当时的海口很打眼。郑华坐在副驾驶上，对小伍说："真不好意思，麻烦你了。"

小伍一副公事公办的口吻，说："您见外了，郑主任帮了我们公司大忙，我送您是应该的。"

郑华一时找不到话说，车里一片沉寂。海口的街道并不宽敞，路上跑的车子却很多，不时响起嘈杂的喇叭声。可能是晚上酒喝得太多了，尽管小伍开车很平稳，郑华还是觉得隐隐有些反胃，只能拼命忍着。小伍见状，关切地问道："郑主任是不是有些不舒服？我是直接送您回办公室，还是去海边散一下酒？您来海南不久，工作繁忙，应酬想必也不少，估计还没看过海边的夜景吧？"

郑华被她说得有些心动，同时也不想这样醉醺醺地去办公室，怕门卫看到传出去影响不好，便点头同意。

夜风习习，清凉扑面，确实让酒意消去好几分。只是小伍穿着裙子，显得有些单薄，郑华很过意不去，说："我们就在这边站一会儿吧。在海边吹吹夜风确实挺舒服的。"小伍说："这可还没到海边哪。再往前走十来分钟，便能听到海浪的声音，那个时候的海风才真的沁人心脾。"

小伍的头发被风吹起来，那种缭乱便有些撩人，郑华问："伍小姐，看来你对海边挺熟悉的，经常来吗？"小伍悠悠叹口气，说："世界上最宽阔的是海洋，比海洋更宽阔的是天空，比天空更宽阔的是人的胸怀。郑主任，您觉得是这样吗？"这是雨果写在《悲惨世界》里的名言，听到小伍随口背出来，郑华顿觉不简单，他说："你先回答我的问题，然后我再回答你的问题吧。"

小伍莞尔一笑，说："我确实经常来海边，看看蓝天下的大海，看看大海上的星空，就什么烦恼事都没有了。"

郑华接口说道："伍小姐问我的问题，伍小姐自己已经回答了。"

小伍很惊讶，转过头来看着郑华，问："郑主任是在打趣我吧？"

郑华认真地解释："你看，碧海蓝天可都没有装着什么烦恼事，只有人心里生出诸般苦恼，但也能消化这些苦恼，可不就是人的胸怀最宽阔吗？"

小伍点点头，说："郑主任果然是高人高见，小伍佩服。"她望向远处海天相接之处，陷入沉思。郑华从侧面看过去，觉得星空和大海都倒映在小伍美丽的双眸中，忍不住问道："伍小姐的苦恼，可是因为感情问题？"

小伍收回目光，说："郑主任不着急回去的话，我们再沿着海滩走一会儿吧。"

两个人并排往前走，小伍说："郑主任有兴趣听一个故事吗？一个真实的，但也俗不可耐的故事。"

郑华隐隐有些激动，说："十万人才过海峡，不畏前路写春秋。如果这是发生在海南的故事，肯定不平凡。"

小伍苦笑了一下，说："郑主任别急着反馈，先容我把故事讲完。有一对姐妹，她们爱上了同一个男人，因为他既能干，又有魄力。男人最终娶了姐姐，妹妹默默退出，只在心里一直默默祝福他们。婚后，由于姐姐个性也很强，夫妻俩经常发生争执，最后姐姐愤而离家独自创业。妹妹不忍看到姐夫日益消沉，好不容易闯出来的事业一落千丈，便主动过来帮忙，后来……"

郑华一下子紧张起来，失声问道："后来怎么样？"

小伍沉默了一会儿，淡然说道："还能怎么样？后来他们就在一起了。郑主任，这个故事狗不狗血？"

郑华的心情如同眼前的海面，隐在黑暗中的海浪好像突然被冰封住了。小伍玲珑的身材，美丽而倔强的面孔，风中飘逸的长发，依旧令他怦然心动。对小伍萌生的朦胧好感，有点抓不住，但又不愿轻易放手。他唯有沉默着，半晌没说话。

"这么狗血的故事，让郑主任失望了吧？"她转过身，正对着郑华，"我不愿意隐瞒，更不想骗您、害您。穆总的意思，我相信您也能明白。我只希望自己在您面前能做一个真实坦诚的人。"

郑华一时不知如何作答，他没想到小伍如此直接，也许奔赴海南开发处女地的人都更加果敢决绝。他有些感动。他也受过感情的伤害，本以为自己早已经心硬如铁，没想到此刻重新变得柔软，忍不住上前一步，轻轻拍了一下小伍的肩膀，鼓起勇气说："这个故事里的妹妹，如果是在现实里，相信会得到很多人的祝福。"他想起了曾文莹，苦笑了一下，"感情的事，谈不上谁对谁错。特别是在同是天涯沦落人的眼里看来，妹妹的表现其实更难能可贵，她不仅做出了牺牲，还迈出了勇敢的一步。"

小伍笑了，眼眸中沾有一点星光，说："谢谢郑主任。您现在胃里舒服些了吗？要不我们回去吧。"她不露痕迹地轻轻摆脱郑华搭在肩上的手，率先向前走去。

两人返回车上，小伍把郑华送到了省政府办公楼门口。郑华说："你放心，穆总的事我一定会放在心上的。我现在就去守着北京的电话。"

小伍恢复了笑靥如花，说："郑主任辛苦。那我在车里等你。"

郑华说："不用了。办公室里有张沙发，今晚我就睡这里了。已经很晚了，你还是回去好好休息吧。"

郑华回到办公室，洗了把脸，这才冷静下来。他要好好捋一捋这几天发生的事情，他怎么突然就卷进了南方集团的业务，特别是小伍的故事里姐姐、妹妹和男人的关系，真是剪不断理还乱。

陈东明的电话是第二天下午打来的。郑华为了等电话，连中午饭都没有出去吃。"郑华，你交代我的事，总算不辱使命。"这句话让饥肠辘辘的郑华一下子忘记了饥饿，"给你们找到了一万吨的钢材指标，算是支持特区建设。接下来让你们省政府开介绍信，找机构过来拿批条吧。"

尽管陈东明说得轻描淡写，但郑华知道这张批条一定来之不易，他难抑激动，问："真有你的，东明！你是怎么把这个指标找来的？"

陈东明自豪地说："你别忘了，我是在中央研究单位工作。去找计委要点钢材指标支持特区建设，不是很正常嘛。不过我要强调的是，指标千万不能给什么皮包公司。你们省政府要开张路条，带着介绍信来，才能领到指标。"

有了陈东明前面的铺路，后面的推进都很顺畅，只在开具介绍信的环节上遇到一点麻烦。郑华请自己的顶头上司薛主任帮忙，薛主任还兼任着办公厅副主任，满口应承，只提出一个要求，让南方集团提供五十万元赞助费给研究室主办的杂志《特区之窗》。这真是狮子大开口，穆总却毫不犹豫，马上对郑华说："郑华兄弟，你转告薛主任，钱不是问题。但我们只能给二十五万元。二十万元赞助杂志，五万元是对他的酬谢。"

郑华心里直打鼓，一方面是五十万元转眼打了个对折，价砍得未免太厉害了，另一方面给薛主任的钱他不知道怎么开口，只说了穆总同意赞助二十五万元，没想到薛主任居然毫无异议，估计他一开始就知道对方会砍价。

从省政府办公厅拿到路条和介绍信后，穆总让小伍陪着郑华去北京。也许是离开了地面的原因，登机后小伍显得更放松了，两人找到很多共同的话题，围绕着生意、生活、阅读等内容聊了一路。原来小伍毕业于东北一家师范学校，还做过一年老师，后来才出来做生意。穆总的生意一开始做得很顺，之后遇到恶性竞争，冲动之下犯了事，被判了一年。穆总的夫人失望之下去了北京。穆总出狱后则带着原来的一帮手下来海南打天下。

从机场出来后，两人直奔陈东明的办公室。陈东明看到郑华旁边的小伍，眼睛一亮，说："郑华，弟媳来你也不说一声！一会儿我请你们去吃'东来顺'涮羊肉。"

郑华刚想要否认，小伍却很大方，说："谢谢陈大哥。"

陈东明挠挠头，说："下午还有正事要办。中午我先请你们吃肯德基，晚上我们再去吃涮羊肉。"

郑华说："大名鼎鼎的肯德基，我还从来没有吃过。"

陈东明说："王府井大街那边可是中国第一家。吃完了肯德基我们再去办事儿。"他因为经常去王府井书店，对王府井一带很熟悉。

下午的事情办得很顺利。他们来到国家计委的一个办公室，郑华交出介绍信和请示报告，对方当场就开出了一万吨的钢材。任务完成，大家都很放松，早早来到"东来顺"。陈东明因为好久没见郑华了，提议喝瓶牛栏山二锅头。他口口声声称呼小伍为弟媳，小伍也没有纠正，还主动喝了一杯白酒。陈东明帮忙解决了钢材问题，作为南方集团的工作人员，小伍自然要表示感谢。她长得漂亮，人又玲珑，很会劝酒，虽然是三个人的小聚会，却也显得很热闹。

　　席间，郑华告诉陈东明："除了我，简威和文涛也在海南，两个人都在南方集团做经理。要不是他们，我也不会认识穆总和小伍。"陈东明看着小伍，笑着说："郑华，你怕不是因为简威和文涛才帮穆总这个大忙的吧。"郑华有点心虚，连忙转移话题，说："东明，田路也下海创业了，他和他的几个研究生同学成立了一家生化制品公司，听说已经闯出了名头。"陈东明很吃惊，说："我还记得在报纸上看到他漂流长江上游的新闻。他可真是雷厉风行啊。"想到田路，陈东明不由得面露微笑。

　　郑华问："你在笑什么？"他以为陈东明还在打趣他和小伍。

　　陈东明正色说："这个田路，确实是条汉子，我很佩服他。他读完研究生，却放弃了要做县委书记的梦想，看来他是树立了新的目标。"

　　郑华也想到田路仗义为自己出头的那幕，说："你和田路是我最佩服的两个人，过去是，现在是，将来也是。"

　　陈东明苦笑了一下，说："人贵有自知之明，过去和现在我都不及田路。就看以后吧。他已经征服了长江，我们只能看谁先征服沧海了。沧海横流，方显英雄本色。不过，郑华，我可有个建议给你。早点到北京来，北京是首都，各方面资源不一样。"

郑华说："我才到海南落脚，刚适应。"

两个人碰了一下杯。陈东明看着笑意盈盈的小伍，对郑华说："弱水三千，独取一瓢饮。郑华，你初到海南，便抱得大美人归。这种艳福，也颇让人羡慕。"

从"东来顺"出来，陈东明便在附近给他们找了家招待所。分别前，陈东明重重拍了拍郑华的肩膀，意味深长地说："好事须成双，送佛送到西。郑华，良宵一刻值千金，你可不要辜负啊。"看来，陈东明已经洞悉郑华和小伍还未"生米煮成熟饭"。

送走了陈东明，两人走进招待所。小伍站在一旁，似乎已经亮明态度，今晚郑华是最大的功臣，可以行使一些特权，但郑华还是默默地开了两间房。拿到钥匙后，两个人之间略显尴尬的氛围重新变得轻松起来。小伍说："陈先生说晚上的王府井很热闹，要不我们一会儿下去观光一下？"郑华用力点点头。

北京的夜晚，华灯璀璨，王府井因为离天安门很近，又坐拥百货商场和新华书店，逛街的人很多。路过商场的时候，郑华试探了一下："我们进去逛逛吧。我想送件礼物给你。"小伍很警惕，说："无功不受禄。郑主任准备送我什么呢？"郑华想了想说："衣服可以吗？"小伍没有松口，继续问道："郑主任准备以什么理由送呢？"郑华有点泄气，说："我们是朋友吧。朋友之间送套衣服，总归没问题吧。"小伍没有否定，说："以后吧。"

两人最终没有进入百货商场，只在街头漫无目的地闲逛。进入泥人张、内联升、瑞蚨祥的店铺，小伍都会迸发出小姑娘般的兴奋，流连忘返，郑华扮演护花使者，须臾不离左右。最后在稻香村，两人都买了一些点心，准备带回去让穆总、简威和文涛他们尝尝。

15

从北京回到海口后,郑华受到了英雄般的礼遇。穆总居然把车子直接开进机场,停在了飞机舱梯下。他们一下飞机,就看到穆总居首,后面站着五位经理,还有两位手捧鲜花统一着装的女同事。郑华从来没见过这样的阵势,有点震惊。小伍熟悉穆总的作风,轻声说:"没事儿,穆总对有功之臣向来都是很讲排场的。"

他们直接来到星光海鲜城,在最豪华的包间举行了庆功宴。穆总提议说:"这次北京之行,郑华兄弟和小伍珠联璧合,为集团打了一个大胜仗,我们先敬他们一杯。"一杯喝完,穆总又说:"简经理和文经理也是有功之人,加上郑华兄弟,我们再敬武大三位高才生一杯。"大家喝完了第二杯。穆总这才笑着说:"今天是南方集团特别重要的一天。我们是不是要请郑华兄弟和小伍喝一杯交杯酒?"大家起哄叫好。小交杯喝完，郑华已经酒不醉人人自醉，最后喝得烂醉如泥，被简威和文涛搀回了宿舍。

郑华住在南方集团那栋大楼里，上午上班，下午下班，都会经过办公楼层，他好几次想去见小伍，苦于找不到合适的借口，真有点"一日不见如隔三秋"的感觉。

直到第四天，简威打电话到郑华的办公室，说："你今天能不能早点下班？穆总请你过来开会。"

郑华一头雾水，说："你们公司开会，我去干什么？"

简威说："穆总说要请你来，应该是有什么好消息要宣布吧。"

郑华本不想凑这个热闹，他并不是南方集团的职员，参加会议反而尴尬，可转念一想，既然穆总召集公司职员开会，他去了自然能见到小伍，就说："好吧，我马上过来。"

穆总看到郑华进来，马上站起来说："我们的英雄、恩人、领导来了，大家鼓掌欢迎！"

大家都仰慕地看着郑华，掌声响起来，郑华却糊涂了，却见小伍含着微笑望向自己，眼光柔和恬静，这才镇定下来，连忙说："不敢，不敢。"

穆总解释说："这三天来，我带着潘经理、冯经理，还有小伍，找遍了海口，也喝遍了海口，想尽办法，终于成功地把一万吨钢材指标卖出去了！"

穆总话音一落，大家更起劲地鼓起掌来。

郑华这才反应过来。陈东明千交代万嘱咐，指标不能卖给皮包公司，可没想到根本不用费劲去找皮包公司，南方集团就是一个皮包公司，他只能苦笑着说："卖指标？我们不是要拿指标进购钢材，再卖给海南的建设单位吗？"

穆总说："那样太慢了。先不说把一万吨钢材提回来要多少钱，单说把它卖给建设单位，就需要花费很长时间。卖指标才是最划算的。"

郑华有点担心，问："如果我们这样卖指标，不就成了投机倒把？"

穆总赶紧安慰他："郑华兄弟，现在哪有什么投机倒把，那都是旧皇历了。我们现在赚的是，"他指着自己的脑袋，"'智慧'的钱。这一笔指标已经顺利卖出去了，每吨卖了五百元钱，你算算我们赚了多少？"

郑华顿时目瞪口呆，他没想到穆总只是倒手了一下批条，便净赚五百万元。

穆总更高兴了，说："如果不是南方集团资金紧张，想要尽快回笼资金，树点威名，我肯定会把这些钢材囤着，那就不是五百万元的事，而是五千万元的事了。"

冯经理和潘经理纷纷点头，附和说："老板英明。"

穆总拍着郑华的肩膀，说："郑华兄弟，你大可放心。这批钢材在我们手里也好，转给别人也罢，都是在建设海南。"

简威和文涛也醒悟过来。穆总说是这么说，可是指标出手之后，那些买到指标的人，他们把钢材运回广东广西福建，也是极有可能的。三人你看看我，我望望你，知道"三个臭皮匠不如一个诸葛亮"，他们终究还是被穆总利用了。郑华心里暗暗叫苦，他可算是见识了穆总的手腕。只是这样一来，他怎么向陈东明交代呢？这指标是用来建设海南的，国家计委一旦追究起来，可就麻烦了。却见穆总拿了一个包出来，往会议桌上一放，说："郑华兄弟，咱们亲兄弟明算账，这是你该得的，二十五万元。"

郑华完全蒙了，他全年工资不到五千元，不吃不喝工作五十年才能挣到二十五万元。他的第一反应是拒绝，说："我也没做什么，给我这么多钱干什么？"

穆总笑了，把钱推送到郑华面前，说："这是你该得的。江湖上有江湖上的规矩，江湖规矩不可破。我行走江湖，纵横四海，靠的正是本人这点信用和江湖规矩。"

郑华看看简威和文涛，他们也蒙了，又望向小伍，小伍微笑着点头，示意他可以心安理得地收下这笔钱。郑华咽了一口唾沫，他现在心里有点数了，但还是问道："什么规矩？"

"我们赚了五百万元，你就该拿五十万元，百分之十的抽头。这么多，"穆总伸出五根手指比画给郑华看，"但是你们薛主任之前让我赞助了二十五万元，扣除掉这笔钱，你就只能拿二十五万元了。郑华兄弟，我这是按江湖规矩出牌，你可不能觉得我在算计你。"

郑华说："我是个国家干部，真不能收这个钱。再说，这件事情上我并没有出什么力，只不过打了几个电话，跑了趟北京而已。即使不是穆总，换成简威、文涛和小伍，我也会帮这个忙的。"

穆总很感动，说："郑华兄弟，我知道你有情有义，你这个朋友我交定了。但朋友归朋友，生意是生意，这是你的酬劳你必须收下，不然传出去了我就没脸再在江湖上混了。"

简威知道双方的个性，赶紧过来解围，说："穆总，要不这样，我先帮郑华把钱拿着。郑华，这钱穆总既然给出了，绝对不会收回去的。不如先放我这里，以后你有什么打算，咱们从长计议。"

郑华的事情解决后，穆总开始对公司职员论功行赏，去北京取到批条的小伍和找到路径倒卖指标的潘经理，奖励得最多，每人五万元，其他经理每人两万元，经理以下的员工三五千元不等。

这样一来，郑华、简威、文涛三个人手里就有了额外的二十九万元现金，他们决定在宿舍喝酒庆祝一下在海南的旗开得胜。郑华还没见过这么多现金，一时喜忧参半，心情极为复杂。简威和文涛也很兴奋，开始筹划这些本金在海南能做什么项目。

简威一直对娱乐场所情有独钟，他觉得海口虽然不缺娱乐场所，但高级的会所却寥寥无几，这是一个巨大的商机。他分析说："你们想一下，穆总宴请我们郑主任，每次都去星光海鲜城，好像除了吃海鲜，海口就没有其他拿得出手的消费了。海口现在商人、领导大把抓，那些娱乐场所只对马仔的胃口，大老板、大领导怎么会看得上？不符合他们的身份嘛！我要开一家高级的娱乐场所。"

文涛说："这个想法倒是不错。可以叫会馆，会馆显得很牛气。"

郑华说："以前清朝各地商人在北京的落脚点都叫会馆，比如我们湖北商人在北京的落脚点就叫湖北会馆。会馆显得有点旧，不如叫'海天会'。海南是天涯海角，有海又有天，天涯海角来相会。"说到这里，他的脑中蓦然跳出小伍的倩影，确实如雨果所言，比大海和天空更宽阔的是人的胸怀。

三个兄弟越喝越兴奋，最后娱乐场所的名字定下来就叫"海天会"。为了实现简威的梦想，郑华愿意把这笔钱贡献出来用作筹建"海天会"的本金。

第二天，郑华醒来时已经十点多，他决定先去找简威和文涛一起吃中饭，然后再去上班。薛主任现在对他很是关照，他们上班时又经常外出办事，上午不去办公室也没事。经过二楼穆总的办公室，他想起小伍，忍不住逗留了一下，却听到办公室里有人在说话，越说嗓门越大，居然是穆总和小伍。郑华想赶紧离开，突然的哭声让他的心不由得一紧。

"你就不能懂点事儿吗？"郑华没想到穆总的声音还能这么温柔。

"我要怎么做才算懂事儿？"小伍的抗议里夹杂着大大的委屈。

"小郑是一个能帮大忙、能起大作用的人，我让你跟他多接触，对我们有什么不利吗？而且这个小伙子确实优秀。"

"你不要说这些冠冕堂皇的话了。我们都很清楚，你让我去接触他，抱着什么目的。"

"我能有什么目的？你们两个都是年轻人，交往难道是坏事吗？"

"那你是什么意思？那我成了什么人？"

"我不是说了吗，你们是年轻人。"

"那我跟你又是什么关系？"

穆总叹了一口气，然后说："燕子，你能不能不要这么任性？"

在北京住招待所的时候，郑华接过小伍的身份证，看到她的全名是"伍燕妮"。穆总平常喊"小伍"的时候还不觉得有什么，此刻他压低了声音喊"燕子"，郑华却感到自己的心烧灼一般。他不想再停下去，快步下楼，直奔自己的办公室。

下午六点，同事们纷纷下班走了，办公室就剩下郑华一个人，他这才抓起电话，拨通了陈东明办公室的号码。

陈东明打趣说："我有直觉，今天有人要打电话给我，所以下班就在办公室多留了一会儿。"

郑华说："明人面前不说暗语。你不是经常晚下班吗？趁办公室里没人写东西。"

陈东明笑了，说："还是老兄弟了解我。对了，你们回去后一切都还顺利吗？钢材都进回来了吧？"

郑华很失落，说："甭提啦。"

陈东明关切地问："感觉你的情绪很消沉，这是怎么回事？"

郑华避而不答，却问："上次你建议我来北京发展，是真心的吗？"

陈东明说："当然了。我觉得你应该来北京发展。如果有几个老朋友、好同学都在北京的话，互相之间有个照应、有个帮衬。我们这一届分在北京的同学还是太少了，在首都的中央机关，多几个好朋友情况会完全不一样。"

郑华咬咬牙，说："东明，实不相瞒，我已经决心离开海南了。"

陈东明似乎明白了什么，说："那好，我在北京等你。"

16

当田路在长江上游段漂流时，当郑华、简威和文涛在海南奋斗时，雷华终于用两年时间修完了大学毕业需要的全部学分，他难掩内心的快乐和兴奋，想要和张红第一时间分享这份喜悦。但他被梅园女生宿舍的宿管阿姨狠心地拦在外面，斡旋了近两小时，说得口干舌燥，却毫无进展。雷华像一只漏气的皮球，耷拉着脑袋走出了梅园。

其实，雷华心里还装着一个秘密：再过一个星期就是张红生日。他记得很清楚，大一开学初，班上要填一份学生信息登记表，张红写完后，无巧不巧把表格传到了他手上，他不经意间记住了张红的生日。或许这就是缘分，虽然当时他完全没想到自己会无可救药地喜欢上张红。两年过去了，"5·21"这个日期却深深刻在了他的心里。为此雷华已经等了很久，他一定要送给张红一份惊喜。

"女孩子都喜欢什么呢？"

"鲜花？"

"不不不，鲜花太容易枯萎了。"

"项链？"

"不不不，张红很朴素，除了手表，就没见她戴过什么首饰。"

雷华沉浸在自问自答中，不知不觉回到了宿舍。他一直在盘算着准备什么礼物好，躺在床上辗转反侧，想求教于同宿舍的哥们儿，却又顾虑重重。雷华心思深，逻辑缜密，考虑到自己和张红的关系并没确定，又是同班同学，万一谈不成，多一个人知道，就有被传开的风险，到时不仅张红会尴尬，更怕他们以后无法面对。雷华可以接受现在张红对自己毫不心动，但不敢想象两个人互相回避的场景。舍友们已经鼾声如雷，像电脑处于休眠状态，只有主机嗡嗡地响着，他却一点睡意也没有，半夜起来上厕所，瞥见对面家属楼有个房间的灯还亮着，像是有所等候。他突然想到一个人，肯定能够帮上忙。

第二天雷华早早起床，胡乱抹了把脸，早饭也不吃，直奔等候书屋。

书屋九点以后才开门营业，但王慈也是起早之人，已经伏案奋笔疾书一小时。雷华把门敲开，直奔主题："老兄，我来请教你。"王慈以为雷华又来托自己代购计算机类的书籍，他对雷华雷厉风行的性格已经习以为常："说吧，这次需要什么书？"

"不是书。我想请你帮我出主意。女孩过生日，送什么礼物好？你在这方面比我有经验。"雷华有些害羞。

"哈哈……这事不难，主要看她喜欢什么。"

这可把雷华给难住了。他并不清楚张红具体喜欢什么，他最希望的是张红喜欢自己，可是又不能把自己送给她。他呆愣了半天，像电脑陷入宕机状态，好不容易想到一个问题："你送过什么礼物给女朋友？"

"我之前的女朋友喜欢吃，我那时经常带她下馆子，后来还专门学做菜，变着花样讨她欢心，唉！"王慈叹了口气，也勾起了伤心往事。

下馆子做饭肯定是成为女朋友之后的事，雷华一时也效仿不来，他不放弃，继续启发王慈："你难道没给她买过浪漫、温情的小礼物？"

"都是些小玩意儿，拿不出手的。"王慈瞧着雷华，满眼都是自己当年的影子，"要不你送本书？你们是学生，送书挺合适的。比如说《三毛全集》，现在这套书挺火的，被很多年轻人视为爱情圣经。"

雷华漫不经心地扫了一眼书架，突然被王慈桌子上那支漂亮钢笔吸引住了："你觉得我送支钢笔给她怎么样？"

王慈也觉得送钢笔很合适，他补充道："这条街后面有一家小店能刻字，你可以把女孩的名字刻上去。"

"老兄，太谢谢你啦。"雷华很兴奋。他专程到中南商业大楼里挑了一支精美的钢笔，又去王慈提到的小店里，让师傅在笔帽上刻上了"张红"两个字，这才乐呵呵地返回学校。

这个星期雷华是扳着手指过的，随着张红的生日一天天临近，雷华越来越紧张。五月二十一日是星期天，雷华准备上午十一点先去梅园宿舍等张红，再一起去餐馆吃午饭。到了女生宿舍楼下，正巧张婷婷外出，之前雷华常找她传话，她做红娘已经驾轻就熟。她问道："又来找张红？这次不用我跑腿带话了，你直接去操场吧。"

雷华一头雾水，拔腿就往学校大操场跑。

"这边，这边。"张婷婷被雷华逗笑了，赶紧提醒他，"是梅园操场……"

雷华不好意思地笑笑，这才掉转身子，克制着激动的心情，慢慢往梅园操场走去。有几个学生正在打乒乓球，隔得很远他便认出了张红的背影，和她挥拍对打的是隔壁班的男生。另外两组是谁跟谁在打，雷华完全没在意，他的两只眼一直盯着张红这一组。

张红的身手真不错，接连救起了几个险球，这次精彩的多拍，让其他两组也停下了。那位男生个子很高挑，五官俊秀，说话一口武汉腔。他们就这么来来回回地打着，男孩一直带着笑，看来是个乒乓球高手，张红的脸红扑扑的。雷华一直在旁边傻站着，不知该如何是好。

另一组的一个女生看到了雷华，提醒张红说："张红，雷华来找你。"

张红便停下来，把拍子轻轻放在球桌一角，向雷华这边走过来："雷华，你怎么来了？"

雷华有点局促，没话找话说："你的乒乓球打得真好。"

"你找我有什么事吗？"张红的脸上挂着一层汗，胸脯起伏，还没有从刚才的剧烈运动中缓过气来。

雷华赶紧从裤兜里掏出钢笔，小心翼翼地递过去，说："今天是你生日，祝你生日快乐！"

张红十分惊喜地接过钢笔，说："谢谢你，雷华。这支钢笔很精美，我很喜欢。"

雷华紧绷的神经这才稍微松弛下来。那名帅气的男生也过来了，对雷华说："和我们一起打吧！"张红也极力邀请："是啊，一起吧！"

雷华连忙说："你们打吧。我还有事。"

张红看了雷华一眼，没再坚持挽留，她走到旁边的台阶上，先把钢笔装进书包，又掏出手绢仔细擦了下额头上的汗。雷华看到书包旁边还有一个礼品盒，包装得非常精致，上面还粘着一朵拉花。

张红和搭档有说有笑地又回到球台旁。雷华默默地离开操场，他深知优秀如张红，身畔一定不乏追求者，自己恐怕只是其中最不起眼的一个。

五月的武大，樱花早已落尽，珞珈山上倒是一派生机，连穿过树梢的风也沾染上了翠绿色。雷华心里涌上来的却是阵阵苦水：难道我的生命注定如此平凡？就不能产生其他灿烂的、激动人心的奇迹吗？我现在有什么优势呢？张红有什么理由选择一无所有的我？

他想起了《硅谷之火》，想起了在操场上的长跑。那一夜的激情又重新回到了他身上，热血再次沸腾起来。自己为什么用如此短的时间，拼了命一般地去修完学分？他要先立业后成家，现在并没有资本去谈情说爱。

对！我要改变，我要创业！

雷华禁不住握住双拳，用力向前方挥去。一个声音突然冒出来："怎么样？你是不是也感到很激动？"原来是班长王镇宇。

"什么事情这么激动？"雷华有点蒙。

"真是一个书呆子！"

雷华依旧一头雾水，被王镇宇拉着往前走。

17

在这一年的夏天，雷华也认真思考着自己的未来。之前，因为感情受挫，自惭渺小，他极力想要在张红面前证明自己。从大桥俯瞰，江面风急浪涌，水波一路反射着阳光向东奔流。江水滔滔，不舍昼夜。田路暗暗起誓，一定要成为时代的巨人。经历长江大桥之行后，雷华越发明确自己的理想，要为中华之崛起而创业。《硅谷之火》已经为雷华指明创业方向，他摩拳擦掌，显得迫不及待。

从这一年的六月底开始，他几乎每天都泡在广埠屯一带。那里已经集中了几十家做电脑和软件生意的门店，雷华很快和这些店主混熟了。正是在珞喻路与广八路的十字路口，雷华遇见了高一届的武大同学李之雄。李之雄也是个电脑迷，他的老乡在广埠屯开了一家电脑门店，他便经常去那里捣鼓各种程序编程。雷华和李之雄一见如故，李之雄又把自己的同班同学舒天介绍给雷华。

考虑到在仙桃没有电脑可用，接下来的暑期雷华便没有回老家，而是成天泡在李之雄老乡的店里，偶尔到街上转一转，了解最新的电脑资讯。这里本就是李之雄的根据地，舒天也经常过来，三个人几乎形影不离。

雷华虽比他们低一级，但学分却都修完了，李之雄很是诧异，问雷华："接下来还有两年时间，你的课都上完了，还准备做什么？"

雷华不假思索地说："我想开公司，像乔布斯一样。到时候大家一起来做合伙人。"

舒天听到"乔布斯"三字，还以为是"瞧不起"，忙问："你想干什么？谁瞧不起谁了？"

"是乔布斯，创办了苹果的乔布斯。不是瞧不起。"雷华解释说，"我想像他一样开公司。"

舒天咋舌，说："我只知道苹果电脑，原来它是乔布斯创办的。这么说来，乔布斯挺厉害的嘛。"

"舒天啊舒天，你现在总该承认自己孤陋寡闻了吧？"李之雄嘲笑完舒天，又问雷华，"难道你也想做电脑？"

雷华摇摇头，有点沮丧："做电脑可不是件容易的事，我既没那个本钱，也没把握能够超过苹果，这个需要从长计议。"

舒天又听糊涂了，忍不住问道："乔布斯不是做电脑的吗？你想像他一样开公司，可是又不做电脑，那你准备做什么？"

雷华自信满满地说："就做我们最擅长的创新公司，开发软件。"

李之雄吓了一跳，嘀咕道："这么说来，那我们只能做盗版喽！"

雷华耳尖，还是听到了，认真地纠正说："我们肯定不能做盗版，我们要做就做正版软件。"

"可是，现在用正版的人没几个，大家为了图便宜，都首选盗版软件。"舒天提出异议，这也是实情。

雷华也没有反对，分析说："尽管受制于价格，很多人现在用的是盗版，但不代表大家排斥正版。盗版软件很不稳定，安全系数始终是隐患，早晚会被淘汰的。"

"软件有那么多种，我们三个人能做得过来吗？"李之雄思虑很周全，"我们是不是选择一两款软件，好好捣鼓？"他越说越兴奋，"干脆就在我老乡的这个店里做，桌子、电脑都是现成的。"

舒天也举手赞同，说："毕竟是在电脑街，卖电脑，搭软件，可以捆绑销售，买家不愁。"

雷华却摇头反对，说："不行。没人会来这里买正版软件。我们要注意形象，得有个正版软件公司的门面。"

李之雄陷入了困惑，他了解电脑，也会捣鼓软件，对电脑街的诸多门店都很熟悉，就是对"公司"不甚了解："那怎么才像个公司呢？"

雷华心内早有计划，他每天骑车往返于武大与广埠屯，对珞喻路上的一草一木都已了然于胸，更别说路两旁的建筑和单位了。"珞喻饭店对外出租客房，每天可以使用二十四小时，月租的话还能打折，算起来比住宿还便宜。我去现场看过，很多房间的门牌号旁边都挂着牌子，有的是公司，有的是办事处。我们去珞喻饭店租一个房间，摆几张办公桌，那就像一个公司了。我们既能在里面办公，"雷华把想象中的公司和老乡的店铺比较了一下，"工作环境肯定不会比这里差。

如果有客户上门，接待也完全没有问题。"

舒天瞪大了眼睛，惊叹不已："我们要是能够在饭店里办公，那真是很有档次。"

雷华得意地说："对啊，我们一开始就要做一家很牛的公司，以后会发展得更快更好，所以我们起步一定要高。"

李之雄和舒天也被雷华创业的雄心壮志感染，硅谷之火开始在三个人心里燃烧。他们说干就干，骑上车就去珞喻饭店租房间。雷华对饭店前台的服务员说："一楼有没有套间？我们想长期租住。"服务员说："你们三个人住的话，一楼正好有一个三人间，一个标间加上一个茶水间，茶水间的沙发床也可以住一个人，比套间便宜。"

雷华对李之雄和舒天解释说："因为我们是个公司，在一楼的话会方便很多，免得客户要上上下下地打听。"于是，一家软件开发公司在珞喻饭店一〇三室诞生了。

雷华、李之雄、舒天各拿出两百元，成立了一家软件公司。雷华占百分之三十四，李之雄、舒天各占百分之三十三，雷华之所以多一点，是因为李之雄、舒天还有学分没有修完，还要去学校上课，雷华则能把时间和精力全花在公司上面。既然是软件公司，总不能没有电脑，他们又东拼西凑了五千元钱，添置了两台二手电脑。李之雄的老乡很仗义，把店里一台组装的兼容机搬来，当作送给他们的开业贺礼。这才确保了一人有一台电脑。他们又让服务员把标间里的两张床搬走，换成两张桌子放两台电脑，茶水间放一台电脑，沙发留下来，晚上谁累了就躺在上面休息。

饭店的房间经过他们一番调整布置，特别是三台电脑到位后，看上去有模有样，像是一家软件公司了。雷经理心里更是乐开了花。他们白天写软件，聊程序，晚上累了就睡在公司。好在饭店里什么设施都有，生活很方便。

　　在窗外聒噪的蝉鸣声中，夏天倏忽远去。

18

接下来他们要面对的难题层出不穷。公司虽然顺利开张了，进项仍然是镜花水月，需要花钱的地方又委实太多：买电脑筹借的那笔巨款，是压在每个人心头的巨石；饭店的房费、电费、水费，需要雷打不动地按时缴纳；此外还有其他的杂项支出。

尽管公司资金捉襟见肘，雷华还是提议要开阔眼界。武汉现在虽然出现了广埠屯电脑街，但论及电脑硬件和软件的资讯，仍然远远不及北京的中关村。早在去年三月，《人民日报》头版头条刊登的《希望的火光》，便让"中关村电子一条街"着实火了一把。"先进技术发展服务部""四海电子市场""两通两海"[1] "四方联"[2]，成为全国各地电脑迷们耳熟能详的名字。接着是"十八条"[3]出台，"以中关村地区为中心，在北京市海淀区划出一百平方公里左右的区域，建立外向

---

1 "两通两海"：指一九八三年成立的四通公司和信通公司，一九八四年成立的京海公司和科海公司。

2 "四方联"：指四通公司、方正公司、联想公司。

3 "十八条"：一九八八年五月，国务院发布《北京市新技术产业开发试验区暂行条例》，简称《北京试验区暂行条例》，中关村的创业者们形象地称为"十八条"。

型、开放性的新技术产业开发试验区"。自此，"中关村电子一条街"升级为"北京市新技术产业开发试验区"，在"创业"与"创新"之间联结了一条坚实的纽带。

一直以来，雷华梦寐以求的便是去旧金山的硅谷和北京的中关村参观学习。特别是中关村，因为几十个生机勃发的年轻人聚在一起，办公用的也是旧桌旧椅，同样没有举行仪式，就把试验区的牌子给挂起来了。这与一〇三室发生的一幕如出一辙，充分证明年轻人的心在按照同一个节奏跳动，血液里流淌着的是一样的激情。

开业初始，雷华便对李之雄和舒天说："我们应该去中关村学习充电，既要掌握软件编程的最新知识，也要了解民营科技公司的经营管理。《计算机科学》杂志有一期报道了信通公司和四通公司的财务数据，他们的人均年营业额高达八十万元，人均利润也超出了五万元。"

当时万元户的热度还很高，按照全国职工年均收入不到一千八百元计算，如果想存一万元的话需要工作五年以上。数字胜于雄辩，李之雄和舒天都很赞同到中关村去取经。李之雄自告奋勇，一个人留守武汉。

雷华和舒天下了火车，便直奔中关村。他们看到"北京开发区"的路牌和"创业科技园"的建筑，顿时感受到强烈的创业气息。置身于白颐路，他们被无数块户外大广告牌晃得头昏眼花，有"科海集团""长城""启迪"……特别是那句"中国人离信息高速公路有多远——向北 1500 米"的宣传语，让舒天莫名激动，他拉着雷华的手说："只有 1500 米！我们要不要去观摩一下信息高速公路？"雷华笑了，说："信息高速公路就在我们脚下！在中关村，在中国，到处都是信息高速公路，只要有电脑，有互联网，我们每个人不仅是信息高速公路上的游客，同时也是维护者和创建者。"

他们找到"创业服务中心"，报名参加了两个培训班。为了节省费用，他们在附近一个村子里租了两个便宜的铺位。这里的租户清一色都是年轻人，有从外省进京的务工人员，也有北京高校的毕业生，几乎都在中关村上班。时间还早，他们便兴致勃勃地到处走到处看。即使在这个不起眼的小村子里，到处都是一片片低矮的四合院，还没有路旁的歪脖子杨树高，新科技和创业的气息依然浓烈。每户门外当街的水泥台阶上，广告牌触目皆是，上面写着"××主板""××系统"这些激动人心的字眼。

舒天感触颇深，问："中关村，到底是一个村子呢，还是一个具有世界高度的孵化器基地？"

雷华说，"八十年代初，中关村还是北京的郊区，是首都的菜篮子和米袋子。电脑和互联网太神奇了，肯定会颠覆人类对城市和乡下的传统认知。电脑创造的不仅是计算能力，互联网拉近的不仅是距离，它们绝对会带来人类思维的革命。"

在路上，他们还收到一张宣传单，是中关村举办的一系列专家讲座，给年轻人充电，当天晚上的主讲人居然是中关村第一家民营科技机构创办人陈春先。他们欣喜若狂，终于在开始之前赶到会场。主持人在请出陈春先之前，解释说："本来这次主讲人安排的是四通公司的创始人之一，他因故不能前来。下面请大家热烈欢迎中关村第一个吃螃蟹的人陈春先老师。"台下掌声一片。不知为何，雷华突然热泪盈眶，也跟着拼命鼓掌。民办科技企业姓"社"还是姓"资"的争议一直存在，陈春先十年来的经历确实值得和青年创业者分享。

雷华和舒天报的是高级编程班，上课的老师不是中科院的专家，就是北京大学、清华大学的教授，掏给学员的都是硬邦邦的干货，让他们收获很大。没课的时候他们就四下开眼界。雷华觉得难得来中关村，应该趁这个机会去观瞻中关村科源社区的"特楼"，他走得累了，坐在海淀黄庄路口的台阶上休息。台阶的另一侧也坐了一个年轻人，有点瘦削，长得挺白净。

雷华搭讪："你是来这里买电脑吗？"

年轻人乐了，说："不是的，我是卖游戏卡的。你要不要买一张？价廉物美，不买后悔。"他一边说一边从背包里掏出一张游戏卡，递给雷华。

雷华接过来一看，原来是《魂斗罗七代》，便还了回去，抱歉地说："我不要这个。"

年轻人歪头打量着雷华，嘲笑道："不要游戏卡，那你跑中关村来干什么？这个可是最新的卡带！你也是年轻人，不会连《魂斗罗七代》都不玩吧？"

这个卖盗版游戏卡的年轻人说不定懂电脑软件，雷华突然有了兴致，开始进行街头调研："现在的软件，你觉得哪一款卖得最好？"

年轻人不假思索地说："游戏，当然是游戏。你需要的话，我什么游戏卡都能搞到，便宜点卖给你。"

雷华继续追问："除了游戏卡，还有什么软件比较热销？"

年轻人瞄了一眼雷华，显然是有点提防了："我认为是杀毒软件。现在的电脑都是组装机，软盘插来插去，很容易染上病毒。联想集团的掌门人就要推出联想品牌的 PC 了，个人电脑进入千家万户指日可待。在这样的形势下，杀毒软件的需求量肯定水涨船高。你不能指望普通家庭去解决代码问题吧。"

这个年轻人看问题挺贼的,与雷华的判断不谋而合。他还想再问几个问题,可是年轻人不买账了,说:"我还是学生,并不是老师,我可不负责传道授业解惑。"

雷华转而问道:"你是哪个大学的?"

"人大。"年轻人回答得很干脆,也透露着自豪。

"中国人民大学,那可是一所名牌大学。"雷华向他竖起了大拇指,"那你学的是什么专业?"

"社会学。"年轻人说,旋即又补充了一句,"不过我对电脑很感兴趣,所以也修了计算机专业。"

"那我们算是同专业的,我在武大学计算机。"雷华更高兴了,向年轻人伸出手,"能见面就是有缘。我们交个朋友吧。我叫雷华。"

年轻人懒洋洋地说:"我姓刘,刘小东,现在我们也算认识了,我只想问你一句,你到底买不买游戏卡?"

雷华挺喜欢刘小东身上这股不达目的不罢休的劲,笑着说:"游戏卡是肯定不买的,但我们可以好好聊一下软件。"

小刘却不耐烦了,说:"我可没你这闲工夫,我还得等着买卖开张呢。今天运气不好,一张游戏卡都没有出手。"他站起来拍拍屁股,挎好包,对雷华说:"你大老远来北京,肯定不是为了买游戏卡。虽然不知道你的目的,但我还是要祝你好运!"

雷华也站了起来,和刘小东用力地握了一下手,说:"很抱歉,我耽搁了你宝贵的时间。"

刘小东摆摆手,潇洒地说:"我老家有句老话,肚肠骨痒要自己伸手挠。我卖游戏卡,一方面是为了挣钱,一方面也是为了练手。每个人都是潜在的顾客，就像你，如果你想买游戏卡，我把游戏卡卖给你自然很容易；你本来不想买，我忽悠得你想买，这才是本事。”

雷华说："如果我们有缘再见，你若还卖游戏卡，我一定买。"

"若能再见面，我一定能认出你，到时不管我卖什么，必须让你心甘情愿地购买。"刘小东指着附近低矮的建筑说，"这里很快就会大变样，万丈高楼平地起，但基础呢，还是我们刚才坐的地方。"

不知道为什么，雷华对这个只有一面之缘的刘小东印象很深，可惜后面再也没有遇到过，刘小东就像一滴水，融入中关村便渺无踪影。雷华甚至打算去人大的社会学系找刘小东，转念一想，刘小东忙于兜售游戏卡，估计不会老实待在学校里。加上培训班即将结束，他和舒天囊中告急，必须要返回武汉了。

没想到的是，刚踏进一〇三室，李之雄便给他们当头一棒，公司账面上已经分文不剩了。学校发的补贴，三人也都拿出来交了房租，现在真的是山穷水尽。三个人枯坐在地板上，旁边的电脑嗡嗡地响着，真是绞尽脑汁也一筹莫展。舒天叹了口气，爬起来把电脑给关了。

雷华给大家打气，说："创业都是这样子。守得云开见月明。"

舒天摁着鼠标，有气无力地说："可是，创业也不能不吃饭吧？"

李之雄的肚子也饿得咕咕叫，说："去找我老乡蹭饭吃吗？"

雷华瞄了一眼李之雄，说："你们去吧。这事儿我不干。"

舒天怯怯地劝了一句："不能不吃饭吧？饿着肚子哪有力气干活。"

雷华不说话，李之雄站起来，说："我反正要到学校去。我去找老乡，先凑合一顿。"看到李之雄真的拿着书包出门，舒天也跟了出去。

两个人一离开，房间里更安静了，楼上有人在打麻将，因为隔音效果差，清晰可辨，特别是洗牌的声音，好像在雷华肠胃里搓揉一般。雷华受不了了，只能出去躲一阵。他沿着武路路前行，不知不觉走到了等候书屋。

王慈过来打招呼，说："现在用电脑的人多了，我又进了不少这方面的书。你可以先看看，如果有其他想买的书，我下次进货时补上。"

雷华点点头，嘴上答应着，心里想的却是："现在哪还敢买什么书，饭都没得吃了。"

这时有个读者过来问王慈："老板，你这里有《计算机世界》吗？"

王慈说："我这里不卖杂志。你得去邮局订阅。"

那个读者个子高高的，长得也很精神，雷华打量了好几眼，觉得像是同道中人，便凑近了说："这位同学，你也在看《计算机世界》？"

"是啊。"

"我那里倒是有几期，是我刚从北京中关村带回来的。"

那人很兴奇。"那你能借给我看看吗？"

雷华说："没问题。你等会儿就可以跟我去拿，或者明天我带到王经理店里，你方便时自取。"

那人有点迫不及待，说："我等你买完书，再跟你去拿杂志好了。"

王慈看着这两人，觉得怪有意思的，一本《计算机世界》在他们中间，倒像是接头暗号。

雷华热情地伸出手，介绍自己："武大，雷华。"

那人也赶紧自报家门："华工，张中羽。"

雷华说："我也不买书了，现在就去拿给你。"

张中羽赶紧跟着雷华走出书店，两个人步行了二十多分钟，来到珞喻饭店。张中羽说："你不是武大学生吗？怎么不在学校住，却住饭店？"

雷华连忙解释说："我和两个朋友在这里开了一家公司。"

"开公司做什么？"

"准备搞软件开发。"

张中羽的佩服之情溢于言表："这么厉害！"

"这还只是刚刚开始。"雷华打开一〇三室的门，做了个"请"的手势，"以后我们会成为中国最牛的软件公司。"

呈现在张中羽面前的是三台旧电脑，一张乱糟糟的沙发床。李之雄和舒天还没有回来。雷华从枕头下面翻出了几本《计算机世界》，一股脑儿递给张中羽："喏，你全拿去看吧，这些我都看完了。"

张中羽大喜过望，连声道谢。他对雷华的公司兴趣颇浓，问东问西，一时半会儿看不出要走的意思。

雷华对公司现状也没有刻意隐瞒："我们现在才刚开始，产品还没做出来，钱倒是用得差不多了，接下来还不知道怎么办呢。"

张中羽眼睛一亮，对雷华说："要不，我请你下去喝两杯，你给我详细介绍一下你们公司的情况。"雷华正饿得上头，两人便出门找了一家小饭店，点了两菜一汤，雷华先要了一碗米饭。

张中羽说："我手头还有两百多元钱，我把钱都投进来，公司也算我一份，行不行？"

"你怎么有这么多钱？"轮到雷华吃惊了。同样都是学生，他每个月的进项只有学校发的补贴，还不够塞牙缝的，更别说有盈余了。

张中羽说："我平时在广埠屯给一些店老板拼机子，组装电脑，拼一台能赚二十元钱。除了买书，我也没有别的花销，慢慢存起来的。"

"看不出来，你还是个有钱人。"雷华说完自己倒先笑了，却是想起中关村那边的公司，普通员工一天的利润都不止两百元，武汉这边手上有两百元倒成了有钱人。虽然如此,他还是很看好张中羽,心里是支持他加入的。"你把你的宿舍地址告诉我。这件事我得跟我两个搭档商量一下,再给你回话。"

张中羽点点头,说:"那是应该的。你们先碰个头,希望你们能接纳我。我还是能做点事的。"他倒是不谦虚,想来是在门店里组装过电脑,心里有底。吃完饭,张中羽自回华工,雷华回到一〇三室。他没想到这个突然冒出来的张中羽,倒有可能解决他们的燃眉之急。有了张中羽的两百元,便能多支持几个月,软件开发也争取到了宝贵的时间。

到了晚上,李之雄和舒天终于回来了。他们以为雷华一直都在办公室忍饥挨饿,带回了三个包子。李之雄还不忘自嘲一句:"英雄气短,蹭点饭吃,还望雷大侠不要见笑。"

舒天关切地问:"雷大侠还没吃东西吧?"

雷华得意地笑了,说:"我吃过了,就在附近餐馆吃的。"

"啊?你还下馆子了?老实交代,你是不是藏了私房钱?"李之雄眼睛都要冒出火来,看来他们对勉强蹭到的饭也不太满意。

雷华说:"私房钱真没有,贵人倒是遇到了一个。正好也跟你们商量一下。今天我在王慈的书店里碰到了一个华工的同学,还带他到我们这儿参观了。他想参一份子。"

舒天没反应过来,说:"三个人吃饭的钱都没有了,这下又多出一张嘴吃饭,那不是饿死得更快?"

李之雄说:"我猜出来了,是他请你去的小餐馆吧。"

雷华说:"他说他有两百元钱,可以全投进来。"

舒天连忙改口说:"有钱就行,我们甚至可以多给他些股份。"

雷华说："那倒没必要。我们四个人刚好平分股份，每个人各占百分之二十五。"说完望了一眼李之雄，"他还是一位熟练的电脑组装师傅，对电脑硬件很熟悉。"

李之雄和舒天更没有意见了。

张中羽再来的时候，一〇三室门口挂上了公司的名字：精益信息技术公司。根据雷华和舒天在中关村的所见所闻，再结合张中羽的建议，精益公司的第一款产品确定为杀毒软件。接下来四个年轻人开始了艰苦的作战，夜以继日地编写代码，吃喝拉撒睡都在一〇三室。用了两个多月时间，雷华和张中羽终于成功编写出了一款杀毒软件。

雷华看到镜子里胡子拉碴的自己，这才猛然想起了张红。已经两个多月过去了，他在张红生日那天痛下创业的决心，终于有了初步的成果。张红厥功至伟，虽然她对此一无所知。

19

　　点燃了"冬天里的一把火"的费翔，为了回馈中国亿万歌迷，要在全国十二座城市开展巡回演出，武汉位列其一。演唱会的消息一经传出，武汉三镇的大街小巷顿时陷入疯狂，即便雷华没日没夜地窝在一〇三室开发软件，也有所耳闻。大学第一年的元旦舞会，当《冬天里的一把火》音乐响起，全班同学都跟着舞动起来时，他清楚地记得张红脸上荡漾开的喜悦。张红是费翔的歌迷，如果能和张红一起去听费翔的演唱会，对雷华来说就太幸福了。可惜票价不菲，现在吃完上顿愁下顿，哪里还有余钱去看演唱会。

　　舒天看出雷华有心事，要不然不会一直愁眉不展，便趁着四个人都在办公室，想要集众人之力一起开导雷华。雷华扛不住三个人的旁敲侧击，便把自己想请张红听费翔演唱会的事情和盘托出。

"这是好事啊，哥儿几个一定全力支持！"张中羽说。

"可是票太贵了，我又不能去抢！"雷华无奈地说。

"我们账上不是还有五十几元钱吗，够买两张票了吧？"舒天小心翼翼地提醒雷华。

"不行，公司的钱不能动。"雷华说得很坚决。他有自己的原则，他请张红看演出是私事，公私要分明，千万不能混为一谈。

"雷华说得对，公司账面上就这么一点钱了，确实不能动，以备不时之需。"李之雄赞同雷华，但对着舒天眨了下眼睛。

第二天下午，舒天瞒着雷华，骑车去洪山广场售票处买了两张票。雷华接过票，看着气喘吁吁的舒天，心里又是感动又是愧疚，最后说："谢谢哥儿几个，这算是我向公司预支的，我以后再补上。"

李之雄赶紧把雷华推上路，说："费翔演唱会，武汉就只有四场，过了这个村可就没有这家店了。你赶紧去请张红吧，别迟到了，她已经答应了别人。"

一语点醒梦中人，雷华赶紧去学校给张红送票。这个时间点，张红一般会在阅览室看书，雷华便一口气冲上樱顶，看到张红旁边恰好有一个空位子，他待到喘息平缓之后，才故作镇静地走过去，问道："张红，好巧，你在这里看书啊。这边有人坐吗？"

张红抬头看见是雷华，便笑着说："坐吧，没人。"

雷华规规矩矩地坐下，像模像样地翻开手中的资料，却一点都看不进去。兜里的演唱会门票像小虫子一样，一个劲地蠕动着。图书馆里很安静，雷华更不好意思说话了，他只能偶尔瞟几眼身旁的张红，她正在读拉美作家马尔克斯的《百年孤独》。张红喜欢阅读，书读得不仅多，而且涉猎广泛，不像雷华只喜欢看计算机专业图书，一看到文学书就要打瞌睡。

　　终于等到图书馆闭馆时间，雷华和张红肩并肩离开。张红穿着一条 V 领白色的连衣裙，露出了颀长的脖子，路灯昏黄的光线倾泻在她身上，宛如一只美丽的白天鹅，更显优雅。雷华手里紧紧攥着演唱会门票，都快要攥出水来，几次话到嘴边却又咽了回去。

　　张红好奇地问："雷华，听同学说你在校外创业了？"

　　雷华心中一喜，看来张红并不是一点都不留意他，连忙说："是啊，不过一切才刚刚起步。"

　　"那也很了不起了，走在了很多人的前面。"

　　"在武汉可能比较早，可是和北京比起来，就算是晚的了。"

　　"这才是大学的第三年，你怎么就想要创业呢？"

　　雷华腼腆地一笑，他可不敢当面向张红承认自己是出于妒意才加快了创业的步伐，只能大谈特谈《硅谷之火》里的创业故事，讲起自己为何去广埠屯，怎么认识了李之雄和舒天，如何志同道合，便集资成立了公司。讲述这些时，雷华竟然一下子摆脱了拘束，显得意气风发，自信满满。张红也受到了感染，听得很投入，还不时扬起银铃般的笑声。两个人不知不觉走到了梅园女生宿舍楼下，雷华好不容易打开了话匣子，显得意犹未尽。张红又陪他在宿舍门口站了一会儿，雷华这才意识到自己差点忘了办正事，说："对了，我找你还有点事。"

　　张红仰头看着雷华，笑意从她光洁的额头蔓延到唇角："什么事？你说吧。"

　　雷华赶紧从裤兜里掏出票，说："我想请你看费翔演唱会。"

　　张红惊讶地看着雷华，说了一声"谢谢"，却没有伸手接票。

　　雷华的心一点点凉下来，几乎是在恳求了："你不是很喜欢费翔吗？武汉难得举行他的演唱会，难道你不想去现场吗？"

"我是很喜欢费翔。但这次我不能答应你，不过还是很谢谢你。"看到雷华失落的样子，张红很是于心不忍，话一说完就跑进了宿舍楼。

雷华不知道自己什么地方做错了，呆愣了很长时间。他像一个溃败的将军，心有不甘，却又无力挽回败局，只能闷头赶回一〇三室，颓废地倒在沙发床上。

舒天还是第一次见到这个状态的雷华，猜出是在送票之事上碰壁了，安慰他说："雷华你想开点，你是第一次邀请，人家拒绝你也是很正常的事。既然票买都买了，也不能白白浪费，我陪你一起去吧。"

"我怎么也想不明白。"雷华把脸转向里侧，"她就那样直接拒绝了我，什么也没有解释。"

"我觉得，不解释反倒是好事。解释的话就没戏了。"舒天说，"女生的心思都很细腻，不解释意味着有保留意见，解释就是晴天霹雳。"

雷华说："如果她接受了别人的邀请呢？"

舒天说："那她肯定会去看演唱会。你难道不想知道这个人是谁吗？"

演唱会当天，雷华懒洋洋的，还是没什么兴致，倒是舒天显得很兴奋，他也是费翔的歌迷，特意穿了一件平时不大舍得穿的簇新衬衣。

"你不洗头吗？"舒天提醒蓬头垢面的雷华。

"我前天刚洗过。"心灰意冷之下，雷华更不在意个人形象了。

他们提前半小时到了现场，没想到洪山体育馆早就坐满了人，门口还挤着很多买站票的。听说不少外地歌迷提前两天就来了，附近的小旅馆家家爆满，看来费翔的这把火烧得够旺的。

舞台上布置了很多彩灯，舞台两侧摆放着巨大的音响。现场使用的好些先进设备，都是从国外专门购置的。演出的音响、灯光、舞台设备和道具，装了整整三节火车车厢。门票虽然贵，但能看上这样一场现代化的个人演唱会，确实物有所值。

雷华和舒天好不容易挤过过道里的人群，找到位子坐下。雷华猛然瞥见前面一排有个很熟悉的背影，心脏顿时狂跳起来。张红旁边还坐了一位女生和两位男生，四个人有说有笑，看起来关系很亲密。

雷华一直盯着张红的一举一动，开场前现场一阵骚动，说是什么主持人进场了。张红回头时正好与雷华四目相对。一片喧哗声中，雷华只看见张红朝他笑了笑，说了什么却一个字也没有听清。

不一会儿，主持人上台报幕，演唱会正式开始，音乐响起，舞台上的霓虹灯闪烁。"来了来了，费翔来了！"一阵海啸般的欢呼声中，帅气的费翔一个箭步跳上舞台，做了精彩的亮相。舞台上的费翔，高高的个子，英俊的面庞，带亮片的衣服一闪一闪，简直太帅了，比电视上看到的还要帅。费翔不时冲台下挥手，手摇向哪边，哪边就是一阵铺天盖地的尖叫。一群伴舞的演员跟着他在台上走来走去，观众的掌声和欢呼声此起彼伏。

所有人的心都被费翔点燃了，只有雷华的心被张红牵动着，有种说不出来的滋味。当费翔唱起《故乡的云》时，观众都开始跟着一起唱，只有雷华呆坐着，心神不定。

"你就像那冬天里的一把火，熊熊火焰温暖了我的心窝，每次当你悄悄走近我身边，火光照亮了我……"《冬天里的一把火》一下子点燃了观众的热情，全场沸腾了，很多前排的观众干脆站起来，拥到舞台下，如痴如醉地仰望着费翔，跟着他一起左右摇摆。

张红和她的三个同伴也举起了手，在空中牵在一起。幸好张红旁边是那个女生，雷华悬在半空的心稍稍回落了一点。

20

看完演唱会回来，他们又要面对公司糟糕的财务现状。楼上打麻将的声音声声入耳，吵得他们更加心烦意乱。

李之雄找到饭店前台反映问题，说："能不能上去管一管？实在太吵了！"但服务员说："你们是房客，他们也是房客。做公司也好，打麻将也好，我们饭店都一视同仁，不好干涉，除非他们深夜还打麻将，影响到你们休息。"

李之雄悻悻而归，向大家吐槽饭店的管理和服务。舒天突然站了起来，说："我先出去一下。"大家也没在意，又枯坐了几十分钟，依旧一筹莫展。雷华对张中羽说："我们去等候书屋转一转吧。"

张中羽心领神会，点点头。原来两人经常去等候书屋找王慈打秋风。王慈知道他们已经成为合伙人，看情形估计公司经营遇到了困难，也不点破，好吃好喝地关照他们。

这一次，他们在书店意外碰到了田路。田路偶尔还会到书店来，买两本书，和王慈聊一聊，但雷华很少碰到他。

雷华把田路介绍给张中羽："这是我们大师兄田路，已经研究生毕业了，现在也在创业。"又对田路说："这是华工的张中羽，我们现在一起做事情。"

田路握了一下张中羽的手，说："雷华的朋友，就是我的朋友。"

张中羽笑了，兴奋地说："田师兄从三江源漂流到武汉，我是最佩服的，可惜那时不认识田师兄。"

田路重重拍了下张中羽的肩，说："都是性情中人，咱们啥也不说了，喝酒吧。王慈出菜，我出酒。"说完便去小卖部拎了两瓶小黄鹤楼酒回来。这个时候王慈菜也炒好了，他们就把桌凳搬到马路边上，边吃边喝边聊。

夕阳西下，暑气渐消，左邻右舍也纷纷搬出竹床、藤椅，搁在马路边的空地上，吃饭的吃饭，聊天的聊天。

四个人正吃着，从拐角处又过来一个人，个子不高，瘦瘦的，戴着帽子，帽檐压得很低，凑过来悄声问道："王老板，这么早就打烊了吗？"

王慈赶紧把书店半拉的门全部拉开，请那人进去。田路这才认出来人是黄山。他们当初在跨学科沙龙上还辩论过，可以说是不打不相识，只是后来黄山专注做学问，田路接连准备长江漂流和创业，两人的交往并不多。田路对王慈说："王慈，你是把全武大的师生都认识了吧？"

王慈笑着说："不认识黄教授太难了。他可是来我书店看书最多、买书最少的人。"

黄山很不好意思，解释说："主要是因为王老板眼光太好，进的书都是精品，可惜我实在是买不起，只能来蹭书看。"

三个人边说话边走进书屋。

田路说："你不是副教授了吗？是我们这届最早评上副教授的人！可喜可贺。"

黄山面带惭色，说："副教授又怎么样呢？副教授的工资只有一百二十元钱，我还要养家糊口，买不起几本书。"

田路说："但你最近的成果很骄人啊。"

黄山说："学问总要有人去做。"

王慈从书架上抽出一本书，说："我这里还刚进了黄教授的一本书。"

田路接过来看，是《中国唐代经济制度研究》，印刷略显粗糙，随手翻了几页，只觉得深奥无比。他掩卷沉思，这个时代是不是太急功近利了，写书的人却买不起书。

黄山在店里转了一圈，挑了两本书，说："你们吃，我先走了。"单薄的背影既直又挺，很快融进了暮色之中。

四个人又重新坐下。王慈大致介绍了黄山的事情，田路感慨不已，说："这年头真是'造导弹不如卖茶叶蛋'，做教授不如做个体户。"

雷华沉默了，心想：我可能在做学问上达不到这样的状态，但是创业应该拿出这样的精神。他端起酒杯先敬了田路一杯酒，问道："师兄，你现在生意做得怎么样？"

"生意倒还不错，我们现在已经推出三款产品了。"田路说着叹了口气，"虽然挣了点钱，可麻烦也很多。一年多前我们为了方便，想早点把公司办下来，就挂靠了一家集体单位。现在看到我们赚了钱，那个单位眼红了，说要把公司收回去，除非我们交挂靠费，总之什么歪主意都来了，烦死了。这几天他们正在和我们弯倒船扯皮[1]。"

王慈笑道："穷人有穷人的烦恼，富人有富人的烦恼。看来这个世界还是平衡的。"

听到田路的公司一个月能挣二三十万元，张中羽的眼睛立马瞪圆了，开始虚心地认真请教："请田师兄传授一些创业经验。"

田路这才知道眼前的两个年轻人也走上了创业之路，他有些佩服："年轻人有闯劲儿已经不简单，还没毕业就创业更不简单！"

"刚开始起步，没法跟师兄的公司比。"雷华谦虚地说，"说实话，我之所以创业，也是受了师兄的激励和影响。我再敬师兄一杯！"张中羽也跟着站起来，说："敬田师兄！"

田路喝完酒，感慨地说，"创业不是一件容易的事，一定得考虑好产品有没有市场，不能花大力气生产出来了产品却卖不出去。我就吃了不少亏。"回想起自己的创业经历，田路唏嘘不已，由衷希望雷华他们不要重蹈自己的覆辙。

雷华和张中羽听得很认真。黄山做学问的精神激励在前，田路的经验和指点在后，加上饱餐一顿，让他们的信心又增加了几分。

等雷华和张中羽回到珞喻饭店时，李之雄已经睡着了。雷华一晚上都没有睡意，反复回味着田路的话。凌晨，舒天才蹑手蹑脚地进屋，没敢开灯，摸着黑躺下了。

第二天一早，舒天掏出四十三元钱，交给雷华，说："这两天的生活费有着落了。"

雷华觉得事有蹊跷，警惕地问："这钱是从哪里来的？"

---

1 弯倒船扯皮：武汉方言，形容借机生事。

137

舒天骄傲地笑了，说："我没偷没抢，也没瞎搞，放心吧，这是正当途径挣到的。"

"你是去哪里熬夜班了吗？"

"是啊，熬夜班。"

雷华虽然将信将疑，但在这段青黄不接的时期内，舒天能时不时地拿出三五十元，解去燃眉之急，他也不好详加盘问。没想到这居然成了精益公司当时唯一的进项，勉强维持着四个创业伙伴的日常生计。

21

　　精益公司的杀毒软件终于问世了，接下来便是推广。他们天天在广埠屯转悠，挨个去摊点上问询："我们有正版的杀毒软件，你们帮我们卖货拿提成，行不行？"但是盗版的杀毒软件价格优势明显，几乎没有摊主愿意搭理他们。

　　有一次，李之雄在别人店里推销的时候，终于吸引了一个顾客的注意。那人穿一身中山装，戴着眼镜，看起来像个干部，对李之雄说："你的杀毒软件，能给我看看吗？我是中科院武汉研究所的，我们急需正版的杀毒软件。"

　　李之雄喜出望外，连忙说："我们公司专门做正版软件。需要杀毒软件你找我们就对了。"

　　两个人聊得正投机，那个五大三粗的店主生气了，在柜台上重重摙了一拳，把李之雄吓了一跳。店主操着一口武汉话，骂道："哪有你这样的？跑到我柜台上来抢生意！"

李之雄眼见情势不妙，有点心怯，拔腿就往外走。那位研究所的干部也跟着李之雄出来了，抓着他问："你说的正版软件在哪里？"

李之雄发现没有人追出来，也放下心，说："就在我们公司里。"

"你们是什么公司？"

"精益公司。"

那人也没有多问，跟着李之雄来到珞喻饭店。

雷华刚好在房间里，李之雄便介绍说："雷经理，这位是中科院武汉研究所的同志，他们想要购买正版杀毒软件。"

那人自我介绍说："我姓杨。是办公室负责采购的。先让我看看你们的软件吧。"

雷华拿出一套已经做好的软件，放在电脑里演示给他看。"杨主任您看，我们通过匹配病毒库中的数据和文件代码，来检测文件是否被病毒感染。如果在文件代码中检测到了病毒代码，就会进行报毒并清除病毒代码。"

"好！不错不错。"杨主任看来是懂行的人，对雷华他们的杀毒软件很满意，连连点头，又问，"你们的价格是？"

雷华鼓起勇气说："五百元一套。"雷华清楚市场上的盗版杀毒软件只要几十元钱一套，正版价格确实太不占优势。"我们的正版软件绝对比盗版的安全得多。"他又补充了一句。

杨主任说："价格没问题，这个软件我要一百套。三周后交付，时间上有问题吗？"

雷华想了一下，咬牙说："我们两周内一定给您一百套。"

"雷经理，那就说定了。"杨主任递给雷华一张名片，说，"两周后，我会带钱来提货。"

一套五百元，一百套就是五万元，这可是一笔大生意，刨除本钱，还能净赚三万元。等到杨主任离开，四个人按捺不住兴奋，跳的跳，喊的喊，笑的笑，一〇三室顿时炸开了锅。

舒天高兴地说："妈哎，我这就成了万元户啦！"

雷华很不屑，说："万元户已经过时啦。我们的目标应该是尽早赚到一百万、一千万、一亿，我们要做自己的'微软'公司，研发自己的'苹果'电脑。"

这个时候怎么能不喝酒庆祝呢！舒天变戏法似的掏出十五元钱，得意地说："喝酒钱早就准备好了！"大家见怪不怪，拥着雷华出了珞喻饭店。

喝完庆功酒，回到房间，雷华再次召集大家开会，说："还不能高兴得太早。我们制作一百套杀毒软件也是要有成本的，我粗算了一下，至少需要一万元钱。"

张中羽抽了一口凉气，说："一万元！"

舒天也摇摇头。

李之雄说："一万元可不是小数目，我们要到哪里去找呢？要不要我们继续向家里求援，每人再凑两千五百元？"

舒天立刻否决了这个方案，说："我家里太穷了，砸锅卖铁，也根本不可能给我凑齐两千五百元。"

张中羽悄悄对雷华说："田路现在不是很赚钱吗？如果我们去找他的话，他会不会借钱给我们？"

雷华说："虽然田师兄人很好，可他现在也处于创业阶段，况且最近还有什么单位找他们麻烦，我怎么好意思在这个时候向他开口呢？不过我们倒是可以去问一下王慈，他在武汉孤家寡人一个，说不定有钱能借给我们。"

他们是在校大学生，认识的人本就不多，何况还是一万元的巨款，找谁借都觉得成算不大，只有去找王慈。夜晚的武珞路灯光依稀，天气不知不觉已经转凉。雷华和张中羽一前一后地走着，冷得直缩脖子，他们这时才充分领会到借钱的尴尬。

王慈还没有睡，雷华单刀直入地问："老兄啊，能不能找你借点钱？"

"你们出了什么事儿吗？"王慈有些担心。

张中羽说："倒不是坏事。我们接了一单研究所的业务，可以赚个三万元钱，但我们要先把做软件的硬盘买回来，差不多要一万元钱的成本。"

王慈的全部家当也只有几千元钱，书店的周转资金不能动，他本人还需要生活费，想了半天，咬牙说："我明天给你们送一千元钱过去。"他又苦笑了一下，"雷华，抱歉只能帮你这么点。"

雷华说："老兄，你说我直接去找田路师兄，是不是很唐突？"

"最好还是不要去找他了。他们最近也深陷在麻烦中，昨天他还告诉我，事情很棘手，村里挂靠的那个单位要报案抓人。"

"这么严重！"雷华也吓着了。他没有再打扰王慈，和张中羽闷闷不乐地返回珞喻饭店。

到了第二天中午，李之雄和舒天去学校上课，一〇三室只有雷华和张中羽。王慈过来了，拎着一个手提袋，说："这里刚好有一万元钱。你们先拿去用吧。"

雷华很惊讶，说："老兄，你怎么有这么多钱？你一夜之间哪来这么多钱？"

王慈说："我接了一个活儿。本来我一直不想接，但看到你们这么急，还是希望能帮到你们，就把那个活儿接下来了。这是定金。"

张中羽很好奇，问："什么活儿这么赚钱？"

王慈有点儿尴尬，说："你们都知道，我平时也写点小说，但一直没什么成绩，一个书商看过我的小说，想让我给他们写一本武侠小说。我不愿意写武侠小说，怕影响自己的纯文学之路。昨晚看到你们这么着急，我前思后想了一夜，今天早上还是答应了阅马场的书商。"

"真是为难老兄了。"雷华没想到王慈这么仗义，打心底里感谢他，又问，"写小说难道真这么赚钱？"

"我这小说，不光要有武侠特色，还要有一点情情爱爱。"王慈苦笑了一下，说，"另外，还不能署我的名。"

"那署什么名字？"

"全庸。书名也定好了，叫《大漠英雄传》。"

听王慈这么一说，雷华便明白了，更觉歉意，坚持写了一张欠条，让张中羽也签了字，说："老兄，感谢的话我也不多说了。我们两个保证两周后准时还给你，外加利息。"

王慈接过欠条，说："利息就算了。我是真心想帮你们，收利息那成啥事了？"

22

有了钱，有了订单，一切水到渠成。四个人干劲十足，李之雄负责采购，雷华和张中羽负责写程序，舒天负责提供生活保障。雷华非常在乎产品形象，还专门为这款软件买了包装盒，印上了精心设计的商标。样品出来后，还挺像回事。

千赶万赶，在两个星期内终于赶做好了一百套"精益"杀毒软件。舒天看着桌上码放整齐的成品，说："这真不亚于'3M'公司[1]的产品。"

可是，杨主任在说定的时间并没来取货。四个人又坐等了一整天，望眼欲穿，还是没人上门。舒天坐不住了："这是怎么回事？他不会给忘了吧？我们要不要上门去找他？"

雷华也担心起来，说："他既然不来找我们，我们干脆直接找他

1 "3M"公司：明尼苏达矿业及制造公司，开发了 Windows 操作系统。

144

去。"于是四个人把做好的杀毒软件装进书包,直奔位于八一路的研究所,结果却被一个门卫拦住了。

"我们要去办公室找杨主任。"李之雄急急地说。

"你们找哪个杨主任?有什么事?"门卫问。

等到门卫打通了电话,四人这才长舒一口气。还好,他们没有遇到骗子。单位是真的,这个杨主任也实有其人。五分钟后,杨主任出来了,看到是他们,略显不安地说:"你们还是找来了?"

李之雄说:"杨主任,您不是说这两天来我们公司提货吗?一百套正版杀毒软件已经都做好了,等不来您,我们就直接给您送过来了。"说着拍了拍装着软件的书包,"质量绝对没问题,保管好用。"

杨主任苦笑了一下,说:"真是对不住,这次采购出了点意外。"

"您这可是国家单位,不能说话不算话。"舒天听到"意外"两个字,顿时急眼了,"你们不能拍拍屁股,说抽身就抽身。"

杨主任也急了,说:"小伙子,话不能这么说。我跟分管院长报告了,他也都同意了。可之后他们觉得买正版软件费用太高,超出了单位采购预算,还是倾向于用兼容的。"

舒天问:"什么是兼容的?"

张中羽悄悄解释:"就是盗版。"

"你们这么大一个研究所,竟然也用盗版?"舒天有些不服气,"难怪盗版软件满天飞。"

"我也是爱莫能助,领导不批,我也做不了决定。我个人自然支持使用正版杀毒软件,哪怕在不超出预算的前提下只买几十套。可领导不同意,还严厉批评了我。"

李之雄说:"买几十套也可以,绝对比你说的兼容的好用得多。

但你们不能一套也不买，这可是为你们定做的。"

杨主任摊开双手，说："领导不批费用。我真是一点办法都没有。"

雷华越听越生气，这个杨主任，开口闭口领导，却把自己择得干干净净，真是太过分了。他也不兜圈子了，直接埋怨道："不管怎么样，至少你应该早点提醒我们。你一直避不露面，可把我们害惨了。"

"我一直都在争取，领导又没有明确表态，我误以为还有转圜的余地。直到他们把兼容版的买回来了，时间已经是周末，我更不好意思告诉你们实情了。好在你们已经做出来了，我们不买，你们也可以再卖给别人。东方不亮西方亮。"

"你说得太轻松了，"雷华恨恨地说，"我们还能卖给谁？"

"你可不能这样撂挑子，我们这都是投了血本的！"舒天边说边摇动铁门，"我要去找你们领导。"

杨主任还在劝他们："你们找领导也没用。他们已经买了兼容版的，怎么可能再买你们的正版。当务之急，你们应该去找其他的买家。"

舒天还在那里奋力摇门，门卫走了过来，嘴里大声喊着："干什么？你们想干什么？"语气显得很不友好。

四个人没有办法，蔫头耷脑地回到一〇三室。舒天忍不住埋怨李之雄："就是你把这个什么杨主任带来的。"李之雄很委屈，小声辩解："我也是好心，谁想到事情会弄成这样。"

张中羽赶紧劝他们，说："你们不要争了，争来争去也于事无补。只能吃一堑长一智，以后一定要拿到定金才能干活。"

雷华握着拳头，重重地捶了一下桌子，说："既然如此，我们就自己想办法把它卖出去。"他想到了中关村的刘小东，"我们也不能闭门造车做软件，还是要多了解用户和市场。卖软件，也不是坏事。"

舒天已经没了信心，问："卖给谁？"

雷华说："卖给谁，我也说不好。不就一百套杀毒软件吗，我们每人负责卖二十五套。"

23

　　从他们下决心自己卖产品那天开始，广埠屯电脑城一带，以及武大、华工等高校信息专业教学场所，都出现了雷华等人的身影，他们穿梭在人群中叫卖正版杀毒软件。四人又商定，不管销量如何，每天晚上十点之前都要回到一〇三室，统一汇报业绩。

　　第一天，四个人加起来连半套都没有卖出去，雷华鼓舞士气："不可能这么容易便获得成功。我们总能找到办法，把这批软件卖出去的。我们要相信自己的产品，要有这个信心。"

　　张中羽也给大家打气："只要是好东西，一定能卖得出去。"

　　四个人又像打了鸡血一样，第二天天一亮便背着书包出门，开始了伟大的推销员之路。晚上回来，张中羽终于卖出去一套，公司的销售数字终于不再挂零了。

大家都很好奇，问："这套你卖给谁了？"

张中羽说："我们班一起玩电脑的，家境很好，用的是一台品牌机，我给他鼓吹了一下正版杀毒软件的好处，他想保护好电脑，就买了一张。但是他杀了一个价，只肯给三百元。"他从口袋里掏出三百元钱，郑重其事地交给了雷华，说："这是三百元，一分不少。"

舒天一把抢过去，说："终于开张了。走，我们去喝酒庆祝一下。"

雷华不同意，说："现在有什么好庆祝的。"

李之雄也说："我们还得更加努力。如果每人每天都能卖出去一套，差不多也得一个月才能卖完，远不到可以庆祝的时间。至于价格，我觉得也要统一，不要让买的人觉得不正规。"

张中羽附和道："之雄说得有道理。我也觉得五百元钱太贵，估计真的很难找到买家，三百元钱还是比较合适的。"

雷华琢磨了一会儿，也同意了："看来我们现在的策略得调整一下。不求赚多少钱，先把买电脑和硬盘的钱还掉再说，剩下的钱能够维持公司运营和我们的日常生活，也就算成功了。"

大家都点头，说："那就统一价格，卖三百元一套。"

雷华又有了新的想法，说："干脆就卖两百九十八元。"

舒天马上反应过来，竖起大拇指说："聪明！两百九十八和三百元，实际上只相差两元钱，但给人的感觉中间差了一百元，这太聪明了。"

第三天，李之雄又领着人来到一〇三室，现场演示杀毒软件，一口气卖出了三套。这个人在电脑城刚买了台新电脑，怕盗版杀毒软件有问题，便跟着李之雄过来了。认真验完货，也没有还价，便自己买了一套，还给同事带了两套。

149

大家又都激动起来。

雷华说："我们先凑一千元钱还给王慈。我们原本答应他两周之后还钱的，现在已经过去半个多月，不能寒了他的心。"

到了周末，雷华和张中羽便带着这一千元钱去了等候书屋。王慈看到他们两个来，很关切地问："怎么样，一切都还顺利吧？"

张中羽抢先开口了："王经理，真是对不起，我们现在只能先还你一千元，剩下的以后慢慢还给你。公司原先说好的订单，出了一点状况。"

王慈说："我借给你们的钱，现在也不急用，你们不要有压力。公司那边到底出了什么状况？严重吗？"

雷华说："主要怪我们自己，没有经验，对方没付定金我们就做了，结果对方又不要了。"

"竟然还有这种人，这事办得太不地道了。"王慈也为他们感到愤愤不平，"就当花钱买教训吧。你们以后一定要注意，生意难做，无论如何都得给自己留条后路。"

雷华说："老兄，这一千元钱你先收着。"

王慈没有再推辞，接了过去。雷华又问："你的《大漠英雄传》写得怎么样了？"

王慈说："完成了一大半。进展还比较顺利。我现在是上午写三千字，下午写三千字，晚上写四千字，基本上一天写一万字。"

张中羽吸了一口凉气："一天一万字，王经理，你太厉害了。"

"都是胡编乱造，也不伤害脑细胞，有什么厉害的，只是手上都快写出茧子了。"

雷华羡慕地说："老兄，你这支生花妙笔才真是个好生意，不怕被人退货，也不怕别人不认账。"

王慈也笑了，遗憾地说："用来生活和糊口是绰绰有余了，可惜我的理想不在这上面。"

张中羽问："王经理，那你的理想是什么？"

"我的理想是做一名小说家。"

"你都快出书了，不就是小说家了吗？"

"不是，不是！"王慈指了指书柜上的一排书，认真地说，"得像那些作家才行。"

张中羽走过去一看，有沈从文、巴金、萨特、博尔赫斯等人的名字，都是一些文学大家的作品，果然一本武侠小说也没有。

王慈解释道："我想写的是纯文学，现在写的只能称为大众文学。"

到了第四天，张中羽卖给华工的同学两套，大家不觉得奇怪。舒天居然也卖出去了一套，大家都很惊喜，问他卖给了谁。

舒天说："你们没想到吧，我卖给楼上的麻友了。"原来，舒天经常去麻将室打麻将。

正在喝茶的李之雄没忍住，把一口茶都笑喷了出来，说："还有这事儿？你的麻友要杀毒软件干什么？"

"打麻将时闲聊。他们问我是做什么的，最近在忙什么，我说我们在做正版杀毒软件。其中一个麻友很感兴趣，说要给他的儿子买一套。"

"哈哈，你真是厉害，不仅麻将打得好，"李之雄朝舒天竖起了大拇指，"营销也做得好，居然能将杀毒软件卖给打麻将的。"

24

　　雷华一直没开张。这些天他主要是沿街询问，看到使用电脑的文印店、电脑房，他就走进去兜售："你们要不要杀毒软件？"几乎把整个武昌城都跑遍了，最远到达青山、南湖一带，问了二三十家文印店，竟然没有一个人买。雷华有点着急，连舒天打麻将都能卖出去一套，自己作为软件的主要编程者，一套都没卖出去，简直太不应该了。

　　他跑到珞珈山上，找了一个安静的地方坐下，默默地理思路：错在哪里？应该怎么卖？谁会买这个？反省了两小时，也没想出个所以然来，太阳也快下山了，他只好起身下山，不知不觉走到了梅园女生宿舍楼下，想起张红，徘徊了许久。张红正巧拎着一个袋子回来了，她看到雷华，便走过去打招呼："好久不见啦！"

"是啊。"

"有什么事吗？"

"找你。"

"找我做什么呢？"

"不做什么。"

张红忍不住笑了，说："时间过得真快。那天的事情，我觉得欠你一个解释。我之所以没有接受你的邀请，是因为我和高中同学早就约好了一起去看费翔的演唱会。"

雷华脸红了，没吱声。

"那你今天找我有什么事吗？"

"没事，就是想看到你，和你随便聊聊。"

"看你不像是没事的样子，和我说说吧。"张红还是很细心很热情，"你的创业故事怎么样？"

雷华说："不怎么样。我有个朋友在前面不远处开了一家咖啡店，要不我们去他店里坐会儿？"

张红很诧异，问："你的朋友开咖啡店？"

"是啊，他也是在校学生，比我们高一届。"

张红先回宿舍放东西，随后两人一起去了教职工宿舍区的翰林苑。在一个拐角处果真看到一家小店，名字怪有意思，就叫"转角咖啡店"。说是咖啡店，其实是学生休闲、喝饮料的地方。

张红说："环境不错啊。"

雷华说："就是名字不好，转角咖啡店，这名字起得太草率了。"

张红被逗笑了，说："这名字其实很文艺，可惜你们男生真不懂得欣赏。"

店面虽不大，但装饰得很新潮，墙上贴着一些照片，有迈克尔·杰克逊、刘德华、张国荣、周慧敏等明星。柜台上陈列着一些卡片，一台录音机播放着姜育恒的歌。店里人不多，很安静。

雷华去柜台点了两瓶汽水，坐下后，张红率先问："你到底有什么心事呢？"雷华便把他们被人放鸽子的事情讲了一遍，很是沮丧。张红抿嘴笑了："你们啊，还是太年轻了。"

雷华不服气地说："你有多大年纪？还说我们太年轻了！"

"不过你们的精神是对的。年轻人嘛，不能被一点点挫折就打败了。别人赖账了，大不了自己卖喽。"

"是啊，我们现在就是自己卖。可问题是，我的三个搭档都卖出去了，我却还是零，这也太丢人了。"雷华越说越沮丧。

张红眨了眨眼睛，说："那你告诉我，你都是怎么卖的。"

雷华讲了自己上门推销的过程。

张红帮他分析："你的销售思路不对，这些文印店的利润太低了，只能买盗版软件，他们不可能花两三个月的收入买一套正版杀毒软件。像这样的店，你根本不应该去问。"

雷华也意识到自己错了，他看张红的目光里除了柔情之外，又多了份欣赏，说："你说得太有道理了。你再帮我分析一下，我应该把杀毒软件卖给谁呢？"

张红胸有成竹地说："你应该去水果湖一带。"

"水果湖？为什么去水果湖？"

"那里是省委、省政府所在地，机关单位和科研院校很多，他们更担心数据出错，希望电脑安全稳定。他们才舍得花钱买正版杀毒软件。"

雷华傻呵呵地笑了，说："我怎么这么蠢！你说得太对了，我以后每天都要请你喝汽水。"

　　在张红的提点下，雷华开始调整销售策略，专攻水果湖一带的单位，拜访的第一家单位是洪山广场边的武昌铁路局。雷华给铁路局的工作人员演示了一遍，对方当场决定要五套。

　　没想到这么顺利，雷华差点当场乐出声来。对方又补充说："你带发票了吧，把发票交给我们财务，他们就会把钱给你。"

　　雷华只得说："我没带发票。"说是没带，其实他们根本就没有。他们还从来没想到过有发票这回事。雷华背上升起一股凉意。

　　"你没有带发票，今天就领不到钱了。我们财务是要走报销程序的。"

　　雷华又问："都必须开发票吧？"

　　"是的，你们是公司吧？"

　　雷华赶紧回答："我们是精益信息技术公司。"

　　"是公司就应该有发票！"对方说，"小伙子，你回去取发票吧。只要你能开具发票，我们还是会购买你的产品。"

　　雷华匆匆赶回一〇三室，一个人也没有，大家都在外面忙着推销呢。他想了想，跑到楼上，舒天果然正在打麻将："我找你有事，你赶紧跟我出来一下。"

　　舒天摆了摆手，说："等我把这圈牌打完不行吗？"

　　其他三人也说："啥事这么急！再急也不能让我们三缺一。"

　　雷华耐着性子在旁边等。舒天看到雷华神色不宁，知道真有事儿，便对桌上三人说："不好意思，我们下次再约吧。"

　　进了一〇三室，舒天才问雷华："什么事儿，把你急成这样？"

雷华说："我问你，我们到哪里去找发票？现在有单位要购买我们的软件，但需要我们提供发票。"

"发票？"舒天也是一头雾水。

李之雄和张中羽先后回来了，李之雄对发票也不了解，张中羽说："我们不如去问一下王慈，他开书店，可能知道。"

他们又一起跑到等候书屋。王慈问："你们公司难道没有注册吗？"

"怎么，做公司还要注册？"四个人全蒙了。

"那当然，公司是需要注册的，不是你们随便挂个牌子就算成立了公司。"王慈看着他们，又好气又好笑，当场向他们普及了公司的基本知识，第二天又陪着他们一起去工商所注册。

注册公司，要办理很多手续，不仅费力，也费时。他们咨询之后，先注册了一个精益信息服务部的个体执照，这样一来就可以开发票，先解决燃眉之急。

拿到一沓发票后，雷华便带着发票和五套软件再次赶往铁路局。对方也很守信用，买下了五套。收到钱后，雷华走路都飘飘然了。他没想到，这么大的单位竟然买了自己编写的软件，那种成就感和自信心让他的身心像气球一样鼓了起来。

兴奋的雷华从水果湖一路走回武大，他想要把胜利的喜讯第一时间和张红分享。

张红还是坐在阅览室固定的位置看书。雷华走到她身边，激动地说："谢谢你张红，你帮我出的主意简直太对了。我们现在不光有自己的公司，还有营业执照，还有发票，最关键的是，我真的把软件卖出去了。按照你说的，我在水果湖那一带开张了，一下子就卖出去五套。"

张红悄声提醒他，说："小点声。这里是阅览室。"

还好周围没有人注意到他们，雷华压低了声音说："要不我们去转角咖啡店，我请你喝汽水。"

张红无奈地把书收好，跟雷华一起走了出来。

一路上雷华都在津津有味地讲述自己的推销故事，他像个孩子一样兴奋，不停地说："我们肯定会成功的。"

看着雷华斗志昂扬的样子，张红真心为他感到高兴。

那天晚上的风格外凉爽，吹凉了东湖，吹凉了珞珈山，吹凉了樱顶。那天晚上他们在转角咖啡店喝的橘子味汽水，那是雷华记忆中最好喝的汽水，比任何时候喝过的都甜蜜可口。

25

　　雷华回到一〇三室后,立即召集其他三人开会,重新调整了公司发展策略。他对大家说:"公司现在经营好转,舒天最近也不要去打麻将了,和我一起上大单位推销。打麻将毕竟不是正经事,不能太着迷。我们带着发票,去推广我们的软件。李之雄继续守住电脑城,张中羽还是盯着学校。我们兵分三路。"

　　接下来,雷华和舒天卖出去五十多套,李之雄在电脑城推销了十几套,张中羽在学校里也卖出了五套。这样一来,一百套软件差不多售罄,虽然没卖出五百元的初价,也已经是一笔很不小的收入。

　　大家的信心也越来越足,很多单位索要他们公司的电话,他们留的都是珞喻饭店的总机号码,后面加了分机号码"103"。

　　舒天提议说:"我们还是要去印个名片。"李之雄说:"名片上都印上经理。"张中羽说:"不能都是经理吧。我们得选一个经理出来。"

开始的时候,大家都戏称雷华为雷经理,而且在编程和销售上,他的业绩也最为突出,所以他被一致推选为经理,李之雄、舒天是副经理,张中羽是技术工程师。张中羽有些难为情,说:"我大学都没毕业,怎么能做工程师?"

李之雄说:"大学没毕业,谁说就不能做工程师。"

四个人都有了光鲜的职务,大家都很满意,兴致高涨。

雷华又说:"我有个提议,从累积的销售款里拿出九千元钱,先去还给王慈。这样一来,公司账上还剩下两千元钱。我们是不是继续再做一批?肯定还能卖。"

大家都很赞同。

傍晚的时候,雷华和张中羽去了等候书屋,把剩下的九千元钱还给了王慈。雷华说:"老兄,利息我们现在还不能给你,因为要留着钱进货,做周转资金。"王慈连连摆手,说:"当时不就说好了吗?我不要利息。"

"老兄,你现在有了一万元钱,又有小说写,你还守着这个书店干吗?"雷华说,"不如想点其他的事情做。"

王慈说:"写小说不就是现成的事情嘛!开书店好啊,虽然不挣钱,但能够接触各种各样的人。如果不开书店,我也不会认识像你们这样年轻有为的人。另外,我还想继续等一等。"

张中羽好奇地问:"王经理,你在等什么?"旁边的雷华知道王慈的隐情,赶紧扯了一下张中羽,不让他问下去。

王慈自嘲地笑了一下,说:"还能等什么?等能等来的事,等能等来的人。"

一〇三室也等来了期待已久的翻身仗。他们赶制出了第二批杀毒软件，由于成本控制得更好，利润自然也更高。有些回头客直接打电话到珞喻饭店，向他们订货。短短两三个月时间，精益杀毒软件在武汉竟然闯出了不小的名气。销量节节飙升一路飘红，他们趁机扩大公司规模，盘下了隔壁的一〇一室、一〇五室，一间用作办公室，一间用作仓库，原来的一〇三室用作宿舍，俨然成为珞喻饭店最大的租客。找他们的电话络绎不绝，饭店前台的服务员笑称自己已经是精益的专职接线员了。他们干脆在一〇一室安装了一部电话，俨然有了大公司的架势。

到了一九九〇年七月，他们已经累计售出一千多套正版杀毒软件，公司的银行账户里时常躺着近十万元钱的余额，以至李之雄和舒天在拿到学校的毕业分配通知后都犹豫不决。开公司这么挣钱，他们都不想去上班。雷华自己是打定主意要创业的，建议他们自己决定上不上班。李之雄、舒天的家人却很反对，觉得做生意风险太大，不如单位工作来得稳定。两人与各自的家人打起了拉锯战，一时谁也说服不了谁。

这个暑假，雷华依旧没有回仙桃。一〇三室住三个人还勉强可以，四个人就太挤了，加上公司挣了钱，每个人都有了一点积蓄，他干脆在张红家附近租了一间房子，搬了一台电脑进去，一边继续捣鼓软件，一边守着张红。这可能是受到了王慈的影响。但也有苦恼，因为雷华时常会看到一个男生送张红回家，那个男生雷华此前见过，是张红的高中同学，费翔演唱会时和她坐一起。

张红也知道雷华在她家附近租了房子，有一次她和几个高中同学去滨江公园唱卡拉OK，就把雷华也叫上了。

张红很活跃，又不怯场，唱起歌来也好听，是雷华眼里当仁不让的明星。雷华就相形见绌了，他原本不喜欢唱歌，站在台上更加紧张，不是跑调，就是忘词。在张红的热情鼓励下，雷华终于完整地唱了一曲张国荣的《为你钟情》。

雷华十分激动，他鼓起勇气点了这首歌，无异于向张红表白爱意，又担心张红终究还是不能理解和接受自己。音乐响起时，他的心跳居然平复下来。

为你钟情，倾我至诚

请你珍藏这份情

从未对人倾诉秘密

一生首次尽吐心声

望你应承，给我证明

此际心弦有共鸣

然后对人公开心情

雷华跟着音乐慢慢哼唱起来。张红仰头看着他，一双眼眸闪闪发亮，脸上漾着轻柔的笑。他有些羞涩地小心避开她的目光，但他知道她一直在注视着他。

26

　　随着用户越来越多，雷华也越发自信，请张红去转角咖啡店喝汽水的次数也多了。张红又向他提出一条建议："你们应该做一点广告，广而告之，让更多有需求的客户知道精益杀毒软件。只需在报纸上登一个豆腐块信息，'正版杀毒软件，确保品质，安全无忧'，再留下你们的电话号码。"

　　雷华大喜，马上在《武汉晚报》投放了一则小广告。效果果然惊人，他们的电话都被打爆了，很多单位来电订购，还有不少加购的老客户。每个月的销量都接近两千套，简直供不应求。李之雄和舒天不顾家里人的反对，干脆赖着不去分配单位报到，夜以继日地在一〇一室编写软件。

　　雷华和张中羽拼了一台像模像样的电脑，哼哧哼哧地搬到王慈书店里，说："老兄，这是送给你的，算是上次你慷慨解囊的利息，感谢你对我们当时的信任和帮助。"

王慈忙说："这个太贵重啦。关键是我也不会用。你们还是拿回公司，那里才是它的用武之地。"

雷华笑了，说："老兄，你必须收下。电脑的用处可多了，可不仅仅只有软件编程。现在很多作家都用电脑写小说了，你应该尝试一下。"

"我真不会用。"王慈确实不熟悉电脑，心里有点发怵，"如果它突然罢工怎么办，如果它把我辛辛苦苦写的小说吃了怎么办？"

张中羽赶紧给王慈撑腰："王经理，你说的这些情况都不会出现，要不然还要我们精益杀毒软件干吗？"

"不要紧，随便你用不用，电脑都放你这里。"雷华开心地说，"就算你不用，你等来的那个人也可以用啊。"

王慈也知道他们公司终于上了轨道，便不再推辞，买酒做菜，三人在路边痛饮了一番。

到了十月份，李之雄和舒天依旧没去上班，因为订单太多，他们把流动资金全部押了进去，准备做一万套。舒天已经忍不住开始畅想："一万套都卖出去，能赚好几百万元。到时候我们可以游遍大江南北和黄河上下了。"李之雄和张中羽则憧憬着去美国留学。

正当大家企盼着大卖，有好几拨人打来电话，质问他们："为什么外面有很多和你们一样的产品，价格却比你们的便宜很多？"

雷华不相信，回复说："我们是自己开发的产品，市场上不可能有同类产品。"

"怎么不可能！你们自己来看看吧。"建设银行是他们的大客户，订过五百套杀毒软件，说话口气很硬，不容置疑。雷华不敢耽搁，赶紧和李之雄一起去了建设银行，果然看到盗版的精益杀毒软件，除了字体有点不一样，程序和功能完全相同。

接下来的几天，要求退货的电话越来越多，还有人在电话里对他们破口大骂。大家完全蒙了，丈二和尚摸不着头脑，不知道怎么回事，不知道这一款盗版软件是从哪里冒出来的。电脑城里已经到处都是，几乎所有店铺都在卖，有的连名字都不换，仍然叫精益，有的改头换面，叫精品、求精、3W 等，功能一模一样，价格却只有他们的十分之一。价差这么大，无论是机关单位，还是个人用户，谁也不愿意再买正版"精益"软件。

四个人到处追溯、跟踪，都没有查出原因。直到有一天，舒天浑身酒气地闯进一〇一室，眼睛红红的，脸上好像还被人打过，有明显的伤痕。

雷华他们都在，都围过来，关切地问："舒天，你怎么了？"

舒天的脸垮了下来，痛心疾首地说："我是王八蛋，我对不起大家。"

"怎么了？"

"是我害了大家，是我害了公司。"

雷华摇着舒天的肩膀，问："你怎么说这话？不会是你把我们的核心程序告诉别人了吧？"

舒天点点头，又摇摇头，摇摇头，又点点头，号啕大哭着说："不是我，但也是我。雷华，我对不起你。"

李之雄听不下去了，冲过去要打舒天。"舒天，你他妈的给我好好说，到底是怎么回事！我们这么好的形势，本来都要成功了，现在你看看，公司账上一分钱也没有了，屋子里到处都是积压的软件。"李之雄说着，终于没忍住，失声痛哭，"我们完了。我们全完了。"

舒天把眼一闭，说："之雄，你打我吧。你打死我吧。我对不起大家。我不想活了。"舒天的脸上流露出痛不欲生的表情，不像是单纯的酒醉。

张中羽把两个人都劝住，说："大家都坐下来，先平复一下情绪。舒天，你先说。"

舒天说："你们记不记得我的第一套软件是卖给楼上麻友的？那个人打一开始就存了坏心。他一直冷眼旁观，我们卖得不怎么样，他就按兵不动，见我们卖得好了，他就红了眼。"

雷华愤怒地说："我们是凭真本事，他有什么好红眼的？"

"那人其实也是电脑城的一个老板。我们生意搞得热火朝天，他都看在眼里，又看我打牌手脚越来越大，知道我们发财了，他居然趁我们都不在办公室的时候偷偷溜了进来。我也是问了前台那个服务员，才知道这件事。前一段时间，他声称有东西落在了我们一〇一室，让小妹打开门，他进来倒腾了半天，肯定是把我们写的所有程序都拷走了。现在市面上各种各样的盗版杀毒软件，大多都是从他那里流出来的。"

"妈的，太不地道了，我们找他去！"李之雄已经按捺不住了，用力捶了一下桌子。

舒天接着说："我去找过他。他先是不承认，后来见我把前台指认的证据都拿了出来，他便要赖，说：'那你能拿我怎么样？'我冲上去要打他，他手下几个人一拥而上，反倒把我打了。"

雷华说："这太过分了！这口气怎么咽得下去！我们要去法院

告他。"

张中羽很冷静，说："我们要想想，这官司怎么打？"

"能怎么打？公道自在人心。明天我们一起去找政府，找工商局。"雷华说。公司执照是工商局发的，工商局自然应该出面处理这类纠纷。

第二天，四个人一起赶到工商局，反映了具体情况。工商局的人不紧不慢地说："这就没办法了。第一，他进过你们的屋子，你们却没有当场抓住他，现在他不承认，你们也没证据；第二，你们凭什么说这软件是你们自己写的，你们又没有申请专利。"

雷华说："那我们就这样被抄袭了？"

舒天说："那我们就这样被打了？"

李之雄说："那我们就这样被欺负了？"

张中羽说："那我们就这样息事宁人？"

看着这几个愤愤不平的年轻人，工商局的人也爱莫能助，说："我们工商局管不了这种民事纠纷，你们要怎么扯，那是你们的事。"

四人又气冲冲地前往电脑城。进去之前，张中羽把大家喊住了，说："我们这样去扯是不行的，搞不好还会吃亏，我们要做点准备。"

李之雄问："做什么准备？"

舒天说："我们带点家伙。"他四下察看一番，最后在路边找了块红砖，在手里掂量一下，装进了卖软件的书包。其他三人纷纷效仿，各自往包里塞了一块红砖，准备先去讲道理，道理讲不通，那就只能干架了。

找到那家摊位的时候，早已经人去楼空。旁边的人认出了舒天，告诉他们："昨天你来扯过皮之后，他们很快就把摊子收了。现在也不知道躲到哪里去了。"

"就这样一走了之,再也不来了吗?"

"那还能咋的。电脑城流动性大,今天开张明天倒闭的人多的是。铁打的营盘流水的兵,不跑路就全都做炮灰了。"

没有办法,他们又折回珞喻饭店,找到楼上开麻将馆的老板,问:"之前来这里打麻将的胡总,你有他的联系方式和家庭住址吗?"麻将馆老板见多识广,知道双方有扯皮的事,不冷不热地说:"我们这儿是自由市场,来了有位置就坐下打,打完无论输赢各自两散,有眼缘留个电话,没眼缘都不知道是谁。"

他们不死心,问桌上的麻友:"那个人你们有谁认识吗?"

"不了解,不熟悉。"麻友们说,"认识的人都在家里搓麻将了,谁跑到饭店里搓麻将?说句不好听的,住饭店的都是四海为家的人,大家凑一起搓麻将,也就是为了打发无聊而已。"

问来问去,竟然没有一个人认识胡总,他像在空气中蒸发了一样,但是对精益公司造成的伤害是实实在在的。他们又要面临生活费、电话费、饭店房租没有着落的巨大压力。原来还只有一间房,现在却有三间房,真像是压在他们头上的三座大山。

这时候,最冷静的还是张中羽,他说:"我们要直面现在的问题。再这样拖下去,成本只会越来越高,亏损越来越大。我建议我们还是壮士断腕,赶紧散伙了吧。你们两位现在去找分配的单位,应该还有转圜的余地。"

李之雄重重地叹口气,说:"我和舒天还能去找单位接收,你和雷华呢?"

雷华情绪也很低落,但他毕竟是经理,必须要当机立断:"就按张中羽说的散伙了吧。我对不起大家，没把精益公司坚持下来。"

舒天说："这件事主要责任在我。我应该早听大家的劝，戒了赌。"

雷华说："也不能怪你。那时候我们想的是能够多卖出去一套是一套，怎么知道有人存心使坏呢？这是没办法的事。"

李之雄叹了口气，说："江湖的水太深了。"

张中羽说："我们大家都很努力了。"

雷华又说："库存的软件我们分了吧，能卖出去就卖，卖不了就送人，多少能变现一点。至于电脑，只有三台电脑，我们有四个人，也没法分。不如卖掉了分钱。"

张中羽说："电脑我就不要了。我宿舍里有一台。而且这是我入伙之前你们置办下的，还是你们一人一台分了吧。"

27

　　一九九〇年十一月，精益公司宣告关门，四个合伙人每人分了一堆软件，雷华、李之雄、舒天各抱回一台电脑。李之雄准备去找原来分配的单位，看能不能继续去报到入职。舒天不愿意回去上班，打算在广埠屯电脑城租个摊位，做点小生意。

　　他们吃了一顿散伙饭，喝酒时一起吼唱着《我的未来不是梦》，流下了不甘心的泪水。

　　退掉珞喻饭店的房间和校外租的小单间后，雷华只能把生活重心重新迁回学校。碰到张红，也不好意思去搭话，更不敢请她去转角咖啡店喝汽水了。张红倒是很主动，问他："这几次你怎么见到我都不说话？"

　　"有什么好说的。"

张红是个聪明又善解人意的姑娘，猜出雷华肯定是生意遇到了挫折，不然不会如此蔫头耷脑，她故意说："你不是说每天要请我喝汽水吗？怎么，说话不算数啦？"

　　雷华很尴尬，说："我没有钱请你喝了。你还是让你的高中同学请你喝吧。"

　　张红白了一眼雷华，恨恨地说："你怎么这么无赖！"说完扭头就走了。

　　这一来，雷华心里又开始忐忑，直觉自己说错了话，惹恼了张红，一时不知如何是好。回到宿舍后，他怎么也睡不着，又穿上外套去外面散步。

　　进入十一月，武汉的夜晚有些泛凉，风吹着落叶，沉寂下来的校园到处都冷冷清清。雷华无意中走到了翰林苑的转角咖啡店，进去叫了一瓶啤酒。店里循环播放着郑智化的《水手》，雷华此刻的落寞苦涩，倒是与水手一般无二。"他说／风雨中／这点痛算什么／擦干泪／不要怕／至少我们还有梦。"酒入愁肠，愁更愁，冷更冷，"硅谷之火"似乎也温暖不了雷华那颗冷却的心。

　　一连喝了两瓶啤酒的雷华有点醉了，完全没注意到张红悄悄地走进来，坐在了他的对面。张红没有点东西，似乎在等着雷华帮她端来汽水。

　　张红看着面前的雷华，这还是她第一次这么近距离地观察一个男生。他浓眉大眼，脸庞清秀，有几分孩子气，还有几分帅气，有几分儒气，还有几分书呆子气。她很早就察觉到了雷华对她的好感，雷华的不善言辞和笨手笨脚，并不让她反感，不知从什么时候开始她竟然关心起雷华来。雷华勇敢创业，她也早就知道了。她希望他能取得成功，也相信他能取得成功，这种期盼和信任，竟然慢慢演化成一种守候。当张红意识到她在守候雷华时，她吓了一跳，甜蜜转瞬便绽满了她的心窝。但是雷华在创业上雷厉风行，在情感上却迟钝得很，像算盘珠一样，拨一下才会动一下。当雷华说出"让你的高中同学请你喝吧"这样无头无脑的话时，张红是很生气的，以为雷华在胡搅蛮缠，张冠李戴，这才又羞又恼地离去。可是还没到家，她便意识到自己也犯了雷华一样的错误，像一个迟钝的人。雷华之所以这么说，不是因为他在嫉妒吗？而且他请她喝汽水的举动，不也昭然若揭吗？原来，雷华是如此在乎她，早就以一种雷华的方式在向她表白了。张红的心顿时乐开了花，她猜到以雷华的个性肯定会去转角咖啡店，便也赶过来，和雷华几乎前后脚进了咖啡店。

雷华抬起头又喝了几口，恍惚中似乎看见对面坐了个人，他凝神细看，却是张红。他的第一反应是想要转头就跑，自己现在这副颓废的样子，真怕被认识的人看见，尤其是张红。

张红一把拽住雷华的胳膊，以不容拒绝的口气柔声说道："坐下。"

雷华乖乖地坐好。

张红拼命忍住笑，故意板着脸说："这么晚了，你怎么一个人在这儿喝酒？是遇到挫折了吧？"

雷华低下头，说："不是挫折，是折戟沉沙。"

"遇到一点生意上的困局你就这样？难道就没想过东山再起吗？"

"我觉得自己是个失败者。"

"失败是成功之母。再说了，你现在正值青春，大学都还没毕业，你失败什么？"

"我这次创业真的很失败。"雷华说着，又要喝酒。

张红一把抢过瓶子，咚的一下重重地放在自己面前。"你该拿的学分都拿了，大学也提前读完了，和其他同学相比，你并没有亏损什么，反而通过创业积累了经验，吸取了教训，这笔财富更加宝贵。"

被张红这么一开解，雷华的情绪好多了，他这才惊讶于张红怎么会在咖啡店现身。"你不是回家了吗？怎么来管我了呢？"

张红气呼呼地说："我不管你谁管你！怎么？你不愿意被我管吗？"

雷华赶紧表态说："愿意。"

这真是一个神奇的夜晚。原本失落至极的雷华，一下子重燃激情。他本以为只有成功才能让张红对自己另眼相看，没想到在自己最落魄的时候，竟然赢得了张红的芳心。

28

　　雷华和张中羽还经常联系，或者约在王慈的书屋吃饭，或者在转角咖啡店喝啤酒，或者去对方的学校蹭课。和张红确立恋爱关系后，他第一时间告诉了张中羽，张中羽很高兴，说："你这是失之东隅，收之桑榆。"

　　一九九一年七月，雷华和张中羽都顺利毕业。雷华和张红都分配到了北京，两人准备一块去报到。张中羽分在武汉一所大学做辅导员，他很不满意，对雷华说："我不准备去报到了。我想去深圳闯一闯。听说深圳现在发展形势很好，我去找个电子信息行业的公司上班，应该有机会。"

　　离校前他们约好了再去等候书屋坐一下。王慈和他的书店陪伴了他们四年，见证了他们的快乐与风雨，也给予了他们温暖与呵护，现在要离开了，还真是舍不得。

在等候书屋，他们又碰到了田路。王慈以前送走过田路、熊志一，现在又要送走雷华和张中羽，虽说天下没有不散的筵席，黯然销魂者，依然唯别而已矣！

王慈说："今天我做东，早点打烊，我们好好吃个饭。"

雷华正有此意，忙说："老兄，这次我去买酒。"

田路说："你们毕业的送别宴，这酒怎么着也得我来出。"

几个人正说着话，突然响起了一串电话铃声。王慈店里并没装电话，几个人一时愣住了，却见田路从腰带上解下一部手提电话，接通之后，说了两句就挂断了。

"田师兄现在是大老板了，都用上大哥大了。"打趣归打趣，雷华对田路还是万分佩服的，"你们现在腾飞了，已经是东湖开发区的龙头企业，经常上电视上报纸。"

"我们是赶上了创业的好时机。"田路显得很谦虚，"现在是百舸争流千帆过，公司发展了，压力也随之增大，更不敢掉以轻心。"

张中羽在一旁羡慕地说："我们也很认真，却没有闯出来。"

田路说："我和你们俩先干一杯。"三个人举起杯子痛快地干了。"你们现在比我们当年更有闯劲。"田路鼓舞、安慰着两个小兄弟，"创业形势只会越来越好。当年那位支持我办公司的唐科长，也创办了东湖高新发展公司。创业的人只会越来越多。你们年轻，有本钱，有实力，有创意，这才刚刚开始，千万不要灰心。"

王慈这会儿也做好了菜，问雷华和张中羽："你们毕业后有什么打算？"

张中羽说："我准备去深圳，还是做我的本行，开发电子软件。"

174

雷华说："我去北京一家科研所,准备再积累、深造。"

王慈很感慨:"你们兄弟俩一南一北,看样子是在布一盘很大的棋局啊。"

临近分别,也不知道何时才能再相见,雷华很关心王慈到底等来了那个人没有。

"等来了,可又走了。"王慈难掩心中的遗憾。

田路强掩心中震惊,王慈的守候故事他是最清楚的,故意打趣说:"看来我们王作家写作又有素材了。"

雷华也很伤感,说:"我先给大家汇报一下。我现在和张红正式恋爱了,她跟我一起分到了北京。"

大家都为雷华感到高兴。想当年,还是在等候书屋喝了酒,他才踏上了追求张红的第一步,四年等候,终于修成正果。

王慈问田路:"老田,你又是怎么回事?以前说先立业再成家,现在公司蒸蒸日上,怎么还单着?"

田路想到了冯遥,心里有种说不出的苦涩,只说:"我现在还没有感情运。王慈你先说,谁来了?为什么又走了?"

王慈说:"女孩子啊。我后来遇上的一个女孩子。"

"又是个学生?"田路猜测着,"来武汉进修的吗?"

"是你们武大的学生,但不是来进修的。"王慈有点腼腆,"我跟她交往了大半年,还和她去歌剧院看过戏。她读中文系,爱看我写的小说。"

"原来是我们的师妹,还是你的读者。"田路更加好奇了。

张中羽说:"这不挺好吗,有人仰慕你的写作才华。"

雷华说:"祝贺老兄,武大中文系历来出才女。"

王慈苦笑了一下，说："只是她现在已经跟我没什么关系了。"

大家面面相觑，一时不知该怎么安慰王慈。

"她分配在武汉的报社，据说有一个男生的官员父亲在其中出了大力，她自然便跟那个男生谈朋友去了。"

田路把杯子往桌上一摔，气愤地说："怎么有这样的人！我不承认有这样的师妹。"

雷华拿起酒瓶，给王慈满上，说："老兄，天涯何处无芳草，一定会有比这个更好的。我最讨厌这种找当官的、傍大款的女孩，这是在出卖自己。"

张中羽说："王经理，这样的女孩早一点离开你，未必是坏事。"

那天晚上，他们几乎喝了一个通宵，等候书屋的灯也一直亮着，最后是田路又敬了大家一杯酒，说："等候一定会有结果，一切都还有希望。"

第二天天刚蒙蒙亮，田路率先醒来，他还要赶到公司去开早会。王慈第二个醒来，看到张中羽和雷华还趴在桌子上睡，也没惊扰他们，拿出纸和笔开始创作他的小说。接着张中羽也醒了，看到雷华还在睡，便对王慈说："王经理，我也走了。你跟雷华说一下，再见了。"雷华是最后一个醒的，睁开眼时已经九点多，他紧紧拥抱王慈，说："老兄，再见了。"

雷华准备先回老家看看，然后再去北京报到。在车站等车时，他在旁边的书摊上看到一本武侠小说——《大漠英雄传》，作者是全庸。雷华笑了，顺手买了一本。

车子晃荡着驶出傅家坡车站。身后的武珞路越来越远，他依稀看到很多熟悉的、陌生的面孔在这条路上来来回回，这其中有他，也有他的同学、兄弟。他仿佛看到了自己在武珞路上的奔跑，武珞路承载了他的期盼、守候、焦虑、兴奋、失落、成功、失败。他似乎还看到了等候书屋的那盏亮了通宵的灯。

　　是的，一切都还有希望……

2019 年 6 月 6 日，草稿
2019 年 6 月 22 日，修改
2020 年 2 月 24 日，1~13 节改定于武汉
2020 年 3 月 4 日，14~28 节改定于武汉

图书在版编目（CIP）数据

武汉之恋 . ②，江水浅　湖水深 / 阎志著 . -- 北京：中国青年出版社，2020.5

ISBN 978-7-5153-6018-8

I.①武… Ⅱ.①阎… Ⅲ.①长篇小说 – 中国 – 当代 Ⅳ.① I247.5

中国版本图书馆 CIP 数据核字（2020）第 072537 号

书　　名：武汉之恋　②江水浅　湖水深

作　　者：阎　志

策　　划：皮　钧　李师东

责任编辑：张　菁

助理编辑：赵志明

书籍设计：白凤鹍

出版发行：中国青年出版社

社　　址：北京市东城区东四十二条 21 号

邮　　编：100708

编辑中心：010-57350357

印　　刷：山东德州新华印务有限责任公司

经　　销：新华书店

开　　本：880×1230 1/32

印　　张：5.625

印　　数：1-15000 册

版　　次：2020 年 5 月北京第 1 版

印　　次：2020 年 5 月山东第 1 次

定　　价：38.00 元